萧红自述
永久的憧憬和追求

萧红◎著

北方联合出版传媒(集团)股份有限公司
万卷出版公司

Ⓒ 萧红 2014

图书在版编目（CIP）数据

永久的憧憬和追求/萧红著. —沈阳：万卷出版
公司，2014.10（2014.12重印）
（黄金时代的他们/王禹翰主编）
ISBN 978-7-5470-3157-5

Ⅰ. ①永… Ⅱ. ①萧… Ⅲ. ①散文集—中国—现代
Ⅳ. ①I266

中国版本图书馆CIP数据核字（2014）第163320号

出版发行：北方联合出版传媒（集团）股份有限公司
　　　　　万卷出版公司
　　　　　（地址：沈阳市和平区十一纬路29号 邮编：110003）
印 刷 者：北京盛源印刷有限公司
经 销 者：全国新华书店
幅面尺寸：135mm×190mm
字　　数：230千字
印　　张：9.5
出版时间：2014年10月第1版
印刷时间：2014年12月第2次印刷
策　　划：书灯文化
责任编辑：杨春光
装帧设计：张　莹
责任校对：张希茹
ISBN 978-7-5470-3157-5
定　　价：24.80元

联系电话：024-23284090
邮购热线：024-23284050
传　　真：024-23244448
腾讯微博：http://t.qq.com/wjcbgs
E－m a i l：vpc_tougao@163.com
网　　址：http://www.chinavpc.com

1911—1929
从呼兰到哈尔滨

永久的憧憬和追求 / 003

蹲在洋车上 / 007

感情的碎片 / 015

镀金的学说 / 019

一条铁路底完成 / 027

一九二九底愚昧 / 035

祖父死了的时候 / 043

1930—1934
从哈尔滨到上海

中秋节 / 051

过 夜 / 055

初 冬 / 061

弃 儿 / 071

欧罗巴旅馆 / 091

雪 天 / 095

永久的憧憬和追求

饿 / 099

他去追求职业 / 105

家庭教师 / 109

搬　家 / 115

度　日 / 119

飞　雪 / 121

他的上唇挂霜了 / 125

广告员的梦想 / 129

新　识 / 135

几个欢快的日子 / 139

十元钞票 / 143

夏　夜 / 147

册　子 / 153

剧　团 / 159

白面孔 / 163

"牵牛房" / 165

门前的黑影 / 167

决　意 / 171

又是冬天 / 173

一个南方的姑娘 / 177

十三天 / 181

拍卖家具 / 185

最后一个星期 / 189

**1935—1942
从上海到香港**

回忆鲁迅先生（节选）/ 197

孤独的生活 / 215

在东京 / 221

天空的点缀 / 229

记鹿地夫妇 / 233

窗　边 / 243

失眠之夜 / 247

小生命和战士 / 253

无　题 / 259

滑　竿 / 265

放火者 / 273

茶食店 / 281

给流亡异地的东北同胞书 / 287

九一八致弟弟 / 291

栽花 / 297

1911—1929
从呼兰到哈尔滨

1911

清宣统三年（1911年）6月2日（农历五月初六）①，萧红出生在黑龙江省呼兰县城一个姓张的地主家庭里，乳名荣华，学名张秀环，因与二姨姜玉环名相近，由外祖父改名张迺莹②。

祖父张维祯，生于道光二十九年（1849年），青少年时读过些书，性情温和善良，对萧红特别宠爱，在萧红思想性格和成长中有重要的影响。

父亲张廷举，字选三，生于清光绪十四年（1888年）是张维祯的过继子，毕业于齐齐哈尔黑龙江省立优级师范学堂，曾任呼兰县教育局长、巴彦县教育局督学、黑龙江省教育厅秘书等职，封建家长作风严重。

母亲姜玉兰，生于清光绪十一年（1885年），幼从父学，粗通文字，萧红是她生的第一个孩子。

①关于萧红的生日有多种说法，最多的是两种。一种说是1911年6月1日（旧历五月初五）；一种说是1911年6月2日（旧历五月初六）。另有其为张廷举"养女"之说，不足为据。
②另有一说其名为张乃莹。乃，是秀的下半部；环，为"带孔之玉"之意。

永久的憧憬和追求

　　一九一一年，在一个小县城里边，我生在一个小地主的家里。那县城差不多就是中国的最东最北部——黑龙江省——所以一年之中，倒有四个月飘着白雪。

　　父亲常常为着贪婪而失掉了人性。他对待仆人，对待自己的儿女，以及对待我的祖父都是同样的吝啬而疏远，甚至于无情。

　　有一次，为着房屋租金的事情，父亲把房客的全套的马车赶了过来。房客的家属们哭着诉说着，向我的祖父跪了下来，于是祖父把两匹棕色的马从车上解下来还了回去。

　　为着这匹马，父亲向祖父起着终夜的争吵。"两匹马，咱们是算不了什么的，穷人，这匹马就是命根。"祖父这样说着，而父亲还是争吵。九岁时，母亲死去。父亲也就更变了样，偶然打碎了一只杯子，他就要骂到使人发抖的程度。后来就连父亲的眼睛也转了弯，每从他的身边经过，我就象自己的身上生了针刺一样；他斜视着你，他那高傲的眼光从鼻梁经过嘴角而后往下流着。

　　所以每每在大雪中的黄昏里，围着暖炉，围着祖父，听着祖父读着诗篇，看着祖父读着诗篇时微红的嘴唇。

　　父亲打了我的时候，我就在祖父的房里，一直面向着窗子，从黄昏到深夜——窗外的白雪，好象白棉花一样飘着；而暖炉上水壶的盖子，则象伴奏的乐器似的振动着。

　　祖父时时把多纹的两手放在我的肩上，而后又放在我的头上，我的耳边便响着这样的声音：

"快快长吧！长大就好了。"

二十岁那年，我就逃出了父亲的家庭。直到现在还是过着流浪的生活。

"长大"是"长大"了，而没有"好"。

可是从祖父那里，知道了人生除掉了冰冷和憎恶而外，还有温暖和爱。

所以我就向这"温暖"和"爱"的方面，怀着永久的憧憬和追求。

——1936.12.12

（原载于1937年1月10日上海《报告》第1卷第1期）

萧红父亲张廷举

萧红母亲姜玉兰

萧红继母梁亚兰

1916

对于萧红，这是一段无忧无虑的时光，整日与祖父形影不离，在自家后院中玩耍，正如妹妹张秀琢在《重读"呼兰河传"——回忆姐姐萧红》里所说"我家生活状况是比较优越的，从某种意义上讲，对姐姐也算得娇惯了。但她不喜欢这种生活，不喜欢这个家。她在《呼兰河传》里写，和家人的关系。除祖父外，和别人似乎都没有什么感情。她和祖父的感情深。"

但六岁时发生的这件事开始让萧红产生了自己的思考，这次意外的走失，这也让萧红意识到人与人是不平等的。

蹲在洋车上

看到了乡巴佬坐洋车，忽然想起一个童年的故事。

当我还是小孩的时候，祖母常常进街。我们并不住在城外，只是离市镇较偏的地方罢了！有一天，祖母又要进街，她命令我：

"叫你妈妈把斗风给我拿来！"

那时因为我过于娇惯，把舌头故意缩短一些，叫斗篷作斗风，所以祖母学着我，把风字拖得很长。

她知道我最爱惜皮球，每次进街的时候，她问我：

"你要些什么呢？"

"我要皮球。"

"你要多大的呢？"

"我要这样大的。"

我赶快把手臂拱向两面，好象张着的鹰的翅膀。大家都笑了！祖父轻动着嘴唇，好象要骂我一些什么话，因我的小小的姿式感动了他。

祖母的斗篷消失在高烟囱的背后。

等她回来的时候，什么皮球也没带给我，可是我也不追问一声。

"我的皮球呢？"

因为每次她也不带给我；下次祖母再上街的时候。我仍说是要皮球，我是说惯了！我是熟练而惯于作那种姿式。

祖母上街尽是坐马车回来。今天却不是，她睡在仿佛是小槽子里，大概是槽子装置了两个大车轮。非常轻快，雁似的从大门口飞来，一直到房门。在前面挽着的那个人，把祖母停下，我站在玻璃窗里，小小的心灵上，有无限的奇秘冲击着。我以为祖母不会从那里头走出来，我想祖母为什么要被装进槽子里呢？我渐渐惊怕起来，我完全成个呆气的孩子，把头盖顶住玻璃，想尽方法理解我所不能理解的那个从来没有见过的槽子。

很快我领会了！看见祖母从口袋里拿钱给那个人，并且祖母非常兴奋，她说叫着，斗篷几乎从她的肩上脱溜下去！

"呵！今天我坐的东洋驴子回来的，那是过于安稳呀！还是头一次呢，我坐过安稳的车子！"

祖父在街上也看见过人们所呼叫的东洋驴子，妈妈也没有奇怪。只是我，仍旧头皮顶撞在玻璃那儿，我眼看那个驴子从门口飘飘地不见了！我的心魂被引了去。

等我离开窗子，祖母的斗篷已是脱在炕的中央，她嘴里叨叨地讲着她街上所见的新闻。可是我没有留心听，就是给我吃什么糖果之类，我也不会留心吃，只是那样的车子太吸引我了！太捉住我小小的心灵了！

夜晚在灯光里，我们的邻居，刘三奶奶摇闪着走来，我知道又是找祖母来谈天的。所以我稳当当地占了一个位置在桌边。于是我咬起嘴唇来，仿佛大人样能了解一切话语。祖母又讲关于街上所见的新闻，我用心听，我十分费力！

"……那是可笑，真好笑呢！一切人站下瞧，可是那个乡下佬还是不知道笑自己。拉车的回头才知道乡巴佬是蹲在车子前放脚的地方，拉车的问：'你为什么蹲在这地方？'

"他说怕拉车的过于吃力，蹲着不是比坐着强吗？比坐在那里不是轻吗？所以没敢坐下……"

邻居的三奶奶，笑得几个残齿完全摆在外面，我也笑了！祖母还说，她感到这个乡巴佬难以形容，她的态度，她用所有的一切字眼，都是引人发笑。

"后来那个乡巴佬，你说怎么样！他从车上跳下来，拉车的问他为什么跳？他说：'若是蹲着吗！那还行。坐着！我实在没有那样的钱。'拉车的说：'坐着，我不多要钱。'那个乡巴佬到底不信这话，从车上搬下他的零碎东西，走了。他走了！"

我听得懂，我觉得费力，我问祖母：

"你说的，那是什么驴子？"

她不懂我的半句话，拍了我的头一下，当时我真是不能记住那样繁复的名词。过了几天祖母又上街，又是坐驴子回来的，我的心里渐渐羡慕那驴子，也想要坐驴子。

过了两年，六岁了！我的聪明，也许是我的年岁吧！支持着我使我愈见讨厌我那个皮球，那真是太小，而又太旧了，我不能喜欢黑脸皮球，我爱上邻家孩子手里那个大的；买皮球，好象我的志愿，一天比一天坚决起来。

向祖母说，她答："过几天买吧，你先玩这个吧！"

又向祖父请求，他答："这个还不是很好吗？不是没有出气吗？"

我得知他们的意思是说旧皮球还没有破，不能买新的。于是把皮球在脚下用力捣毁它，任是怎样捣毁，皮球仍是很圆，很鼓，后来到祖父面前让他替我踏破！祖父变了脸色，像是要打我，我跑开了！

从此，我每天表示不满意的样子。

终于一天晴朗的夏日，戴起小草帽来，自己出街去买皮球了！朝向母亲曾领我到过的那家铺子走去。离家不远的时候，我的心志非常光明，能够分辨方向，我知道自己是向北走。过了一会，不然了！太阳我也找不着了！一些些的招牌，依我看来都是一个样，街上的行人好象每个要撞倒我似的，就连马车也好象是旋转着。我不晓得自己走了多远，但我实在疲劳。不能再寻找那家商店；我急切地想回家，可是家也被寻觅不到。我是从哪一条路来的？究竟家是在什么方向？

我忘记一切危险，在街心停住，我没有哭，把头向天，愿看见太阳。因为平常爸爸不是拿着指南针看看太阳就知道或南或北吗？我既然看了，只见太阳在街路中央，别的什么都不能知道，我无心留意街道，跌倒了在阴沟板上面。

"小孩！小心点！"

身边的马车夫驱着车子过去，我想问他我的家在什么地方，他走过了！我昏沉极了！忙问一个路旁的人：

"你知道我的家吗？"

他好象知道我是被丢的孩子，或许那时候我的脸上有什么急慌的神色，那人跑向路那边去。把车子拉过来，我知道他是洋车夫，他和我开玩笑一般：

"走吧！坐车回家吧！"

我坐上了车，他问我，总是玩笑一般地："小姑娘！家在哪里呀？"

我说："我们离南河沿不远，我也不知道哪面是南，反正我们南边有河。"

走了一会，我的心渐渐平稳，好象被动荡的一盆水，渐渐静止下来，可是不多一会，我忽然忧愁了！抱怨自己皮球仍是没有买成！从皮球联想到祖母骗我给买皮球的故事，很快又联想到祖母讲的关于乡巴佬坐东洋驴子的故事。于是我想试一试，怎样可以象个乡巴佬。该怎样蹲法呢？轻轻地从坐位滑下来，当我还没有蹲稳当的时节，拉车的回过头来：

"你要做什么呀！"

我说："我要蹲一蹲试试，你答应我蹲吗？"

他看我已经偎在车前放脚的那个地方，于是他向我深深地做了一个鬼脸，嘴里哼着：

"倒好哩！你这个孩子，很会淘气！"

车子跑得不很快，我忘记街上有没有人笑我。车跑到红色的大门楼，我知道到了家了，我应该起来呀！应该下车呀！不，目的想给祖母一个意外的发笑，等车拉到院心，我仍蹲在那里，象要猴人的猴样，一动不动。祖母笑着跑出来了！祖父也是笑！我怕他们不晓得我的意思，我用尖音喊：

"—— 看我！乡巴佬蹲东洋驴子！乡巴佬蹲东洋驴子呀！——"

只有妈妈大声骂着我，忽然我怕她要打我，我是偷着上街。洋车忽然放停，从上面我倒滚下来，不记得被跌伤没有？祖父猛力打了拉车的，说他欺侮小孩，说他不让小孩坐车让蹲在那里。没有给他钱，从院子把他轰出去。所以后来，无论祖父对我怎样疼爱，心里总是生着隔膜，我不同意他打洋车夫，我问：

"你为什么打他呢？那是我自己愿意蹲着。"

祖父把眼睛斜视一下："有钱的孩子是不受什么气的。"

现在我是廿多岁了！我的祖父死去多年了！在这样的年代中，我没发现一个有钱的人蹲在洋车上，他有钱，他不怕车夫吃力，他自己没拉过车，自己所尝到的，只是被拉着的舒服滋味。假若偶尔有钱家的小孩要蹲在车箱中玩一玩，那么孩子的祖父出来，拉洋车的便要被打。

可是我呢，现在变成个没有钱的孩子了！

——1934.3.16

（原载1934年3月30日、31日哈尔滨《国际协报》

副刊《国际公园》）

萧红（四岁）与母亲

1919

民国8年8月26日，萧红的母亲姜玉兰病故，同年12月5日其父续娶。继母梁亚兰，生于光绪二十二年（1896年）十二月初八，开始对萧红比较体贴，后因萧红个性太强又任性，以及梁亚兰自己生了儿女，关系逐渐变坏，萧红从此在感情上更加依赖祖父。

关于其父的续娶，萧红的同父异母妹妹张秀琢在《重读"呼兰河传"回忆姐姐萧红》记为："萧红还不满10岁的时候，母亲姜氏就患肺病逝世，留下她和比她小四岁的弟弟张秀珂。父亲带着他们生活了一年多，继母（我的生身母）梁氏来到家。"

感情的碎片

近来觉得眼泪常常充满着眼睛，热的，它们常常会使我的眼圈发烧。然而它们一次也没有滚落下来。有时候它们站到了眼毛的尖端，闪耀着玻璃似的液体，每每在镜子里面看到。

一看到这样的眼睛，又好象回到了母亲死的时候。母亲并不十分爱我，但也总算是母亲。她病了三天了，是七月的末梢，许多医生来过了，他们骑着白马，坐着三轮车，但那最高的一个，他用银针在母亲的腿上刺了一下，他说："血流则生，不流则亡。"

我确确实实看到那针孔是没有流血，只是母亲的腿上凭空多了一个黑点。医生和别人都退了出去，他们在堂屋里议论着。我背向了母亲，我不再看她腿上的黑点。我站着。

"母亲就要没有了吗？"我想。

大概就是她极短的清醒的时候："……你哭了吗？不怕，妈死不了！"我垂下头去，扯住了衣襟，母亲也哭了。而后我站到房后摆着花盆的木架旁边去。我从衣袋取出来母亲买给我的小洋刀。

"小洋刀丢了就从此没有了吧？"于是眼泪又来了。

花盆里的金百合映着我的眼睛，小洋刀的闪光映着我的眼睛。眼泪就再没有流落下来，然而那是热的，是发炎的。但那是孩子的时候。而今则不应该了。

（原载于1937年4月10日《好文章》第7期）

1924

萧红于1920年入呼兰县立第二初级小学校（龙王庙小学）女生部一年级就读。在这里一直念到四年级，后转到县立第一初高两级小学校的女生部上高小一年级直到毕业。

关于萧红儿时的读书情况，可由傅秀兰口述的《女作家萧红少年时代二三事》里得到描述："……刚升入高小一年级时，我们班转来一个稍高个的同学，白净的圆脸上，闪着一双聪明又秀气的大眼睛，班主任果老师向大家介绍说：'咱们班新来一个同学。她叫张乃莹。'她微微一笑，向大家点了个头，便走向老师给她安排的座位。她便是后来成为作家的萧红。……她家住在龙王庙后胡同，原在龙王庙小学读书，可是那里只有初小，没有高小，所以就转到我们学校来了……张乃莹读书很用功，总是认真听课，在课堂上从不做其他事情，早来晚走，从不迟到。成绩也好，特别是她的作文，尤其突出，果老师经常表扬她。"

萧红高小毕业时还曾引出了一段争论，据傅秀兰回忆"这年的六月末，举行了高小毕业考试，不久便传出消息，说我考第一，吴鸿章考第二。但是红榜却迟迟没有张贴出来，直到毕业典礼的前10分钟才张贴，出人意料的，张乃莹竟是第一名，我是第二名，吴鸿章是第三名，弄得同学们议论纷纷，张乃莹也十分尴尬。原来，此时张乃莹的父亲张选三已经担任教育局长，并且要来参加毕业典礼，校长田蕴英为讨好上司，弄虚作假将张乃莹名列第一。其实，她是满用功的，成绩也不错，经常是在10名左右，但是，前三名她从没有得过的。"

"毕业后，我和吴鸿章、李玉梅等六人考取了齐齐哈尔女子师范，张乃莹则考取哈尔滨的东省特别区立第一女子中学（现哈七中校址）。这是由家庭经济状况决定的，师范是免费的，她家景况好，上自费中学也是理所当然的了。"（《女作家萧红少年时代二三事》傅秀兰口述、何宏整理）

然而稍加查证就可证实这些是作者臆断的，因为萧父是1928年才被委任为呼兰县教育局长的，1926年萧父仍在第二初小任校长，不过从此段话可知萧红的家境实属非常。

萧红读书的龙王庙小学

镀金的学说

　　我的伯伯，他是我童年唯一崇拜的人物，他说起话有宏亮的声音，并且他什么时候讲话总关于正理，至少那时候我觉得他的话是严肃的，有条理的，千真万对的。

　　那年我十五岁，是秋天，无数张叶子落了，回旋在墙根了，我经过北门旁在寒风里号叫着的老榆树，那榆树的叶子也向我打来。可是我抖擞着跑进屋去，我是参加一个邻居姐姐出嫁的筵席回来。一边脱换我的新衣裳，一边同母亲说，那好象同母亲吵嚷一般："妈，真的没有见过，婆家说新娘笨，也有人当面来羞辱新娘，说她站着的姿式不对，生着的姿式不好看，林姐姐一声也不作，假若是我呀！哼！……"

　　母亲说了几句同情的话，就在这样的当儿，我听清伯父在呼唤我的名字。他的声音是那样低沉，平素我是爱伯父的，可是也怕他，于是我心在小胸膛里边惊跳着走出外房去。我的两手下垂，就连视线也不敢放过去。

　　"你在那里讲究些什么话？很有趣哩！讲给我听听。"伯父说话的时候，他的眼睛流动笑着，我知道他没有生气，并且我想他很愿意听我讲究。我就高声把那事又说了一遍，我且说且作出种种姿式来。等我说完的时候，我仍欢喜，说完了我把说话时跳打着的手足停下，静等着伯伯夸奖我呢！可是过了很多工夫，伯伯在桌子旁仍写他的文字。

对我好象没有反应，再等一会他对于我的讲话也绝对没有回响。至于我呢，我的小心房立刻感到压迫，我想我的错在什么地方？话讲的是很流利呀！讲话的速度也算是活泼呀！伯伯好象一块朽木塞住我的咽喉，我愿意快躲开他到别的房中去长叹一口气。

伯伯把笔放下了，声音也跟着来了："你不说假若是你吗？是你又怎么样？你比别人更糟糕，下回少说这一类话！小孩子学着夸大话，浅薄透了！假如是你，你比别人更糟糕，你想你总要比别人高一倍吗？再不要夸口，夸口是最可耻，最没出息。"

我走进母亲的房里时，坐在炕沿我弄着发辫，默不作声，脸部感到很烧很烧。以后我再不夸口了！

伯父又常常讲一些关于女人的服装的意见，他说穿衣服素色最好，不要涂粉，抹胭脂，要保持本来的面目。我常常是保持本来的面目，不涂粉不抹胭脂，也从没穿过花色的衣裳。

后来我渐渐对于古文有趣味，伯父给我讲古文，记得讲到吊古战场文那篇，伯父被感动得有些声咽，我到后来竟哭了！从那时起我深深感到战争的痛苦与残忍。大概那时我才十四岁。

又过一年，我从小学卒业就要上中学的时候，我的父亲把脸沉下了！他终天把脸沉下。等我问他的时候，他瞪一瞪眼睛，在地板上走转两圈，必须要过半分钟才能给一个答话：

"上什么中学？上中学在家上吧！"

父亲在我眼里变成一只没有一点热气的鱼类，或者别的不具着情感的动物。

半年的工夫，母亲同我吵嘴，父亲骂我："你懒死啦！不要脸的，"当时我过于气愤了，实在受不住这样一架机器压轧了。我问他，"什么叫不要脸呢？谁不要脸！"听了这话立刻像火山一样暴裂起来。当时我没能看出他头上有火冒也没？父亲满头的发丝一定被我烧焦了吧！那时我是在他的手掌下倒了下来，等我爬起来时，我也没有哭。可是父亲从那时起他感到父亲的尊严是受了一大挫折，也从那时起每天想要恢复他的父权。他想做父亲的更该尊严些，或者加倍的尊严着才能压住子女吧？

可真加倍尊严起来了；每逢他从街上回来，都是黄昏时候，父亲一走到花墙的地方便从喉管作出响动，咳嗽几声啦，或是吐一口痰啦。后来渐渐我听他只是咳嗽而不吐痰，我想父亲一定会感着痰不够用了呢！我想做父亲的为什么必须尊严呢？或者因为做父亲的肚子太清洁？！把肚子里所有的痰都全部吐出来了？

一天天睡在炕上，慢慢我病着了！我什么心思也没有了！一班同学不升学的只有两三个，升学的同学给我来信告诉我，她们打网球，学校怎样热闹，也说些我所不懂的功课。我愈读这样的信，心愈加重点。

老祖父支住拐杖，仰着头，白色的胡子振动着说："叫樱花上学去吧！给她拿火车费，叫她收拾收拾起身吧！小心病坏！"

父亲说："有病在家养病吧，上什么学，上学！"

后来连祖父也不敢向他问了，因为后来不管亲戚朋友，提到我上学的事他都是连话不答，出走在院中。

整整死闷在家中三个季节，现在是正月了。家中大会宾客，外祖母啜着汤食向我说："樱花，你怎么不吃什么呢？"

当时我好象要流出眼泪来，在桌旁的枕上，我又倒下了！因为伯父外出半年是新回来，所以外祖母向伯父说："他伯伯，向樱花爸爸说一声，孩子病坏了，叫她上学去吧！"

伯父最爱我，我五六岁时他常常来我家，他从北边的乡村带回来榛子。冬天他穿皮大氅，从袖口把手伸给我，那冰寒的手呀！当他拉住我的手的时候，我害怕挣脱着跑了，可是我知道一定有榛子给我带来，我秃着头两手捏耳朵，在院子里我向每个货车夫问："有榛子没有？榛子没有？"

伯父把我裹在大氅里，抱着我进去，他说："等一等给你榛子。"

我渐渐长大起来，伯父仍是爱我的，讲故事给我听。买小书给我看，等我入高级，他开始给我讲古文了！有时族中的哥哥弟弟们都唤来，他讲给我们听，可是书讲完他们临去的时候，伯父总是说："别看你们是男孩子，樱花比你们全强，真聪明。"

他们自然不愿意听了，一个一个退走出去。不在伯父面前他们齐声说："你好呵！你有多聪明！比我们这一群混蛋强得多。"

男孩子说话总是有点野，不愿意听，便离开他们了。谁想男孩子们会这样放肆呢？他们扯住我，要打我："你聪明，能当个什么用？我们有气力，要收拾你。""什么狗屁聪明，来，我们大家伙看看你的聪明到底在哪里！"

伯父当着什么人也夸奖我："好记力，心机灵快。"

现在一讲到我上学的事，伯父微笑了："不用上学，家里请个老先生念念书就够了！哈尔滨的文学生们太荒唐。"

外祖母说："孩子在家里教养好，到学堂也没有什么坏处。"

于是伯父斟了一杯酒，挟了一片香肠放到嘴里，那时我多么不愿看他吃香肠呵！那一刻我是怎样恼烦着他！我讨厌他喝酒用的杯子，我讨厌他上唇生着的小黑髭，也许伯伯没有观察我一下！他又说："女学生们靠不住，交男朋友啦！恋爱啦！我看不惯这些。"

从那时起伯父同父亲是没有什么区别。变成严凉的石块。

当年，我升学了，那不是什么人帮助我，是我自己向家庭施行的骗术。后一年暑假，我从外回家，我和伯父的中间，总感到一种淡漠的情绪，伯父对我似乎是客气了，似乎是有什么从中间隔离着了！

一天伯父上街去买鱼，可是他回来的时候，筐子是空空的。母亲问：

"怎么！没有鱼吗？"

"哼！没有。"

母亲又问："鱼贵吗？"

"不贵。"

伯父走进堂屋坐在那里好象幻想着一般，后门外树上满挂着绿的叶子，伯父望着那些无知的叶子幻想，最后他小声唱起，象是有什么悲哀蒙蔽着他了！看他的脸色完全可怜起来。他的眼睛是那样忧烦的望着桌面，母亲说："哥哥头痛吗？"

伯父似乎不愿回答，摇着头，他走进屋倒在床上，很长时间，他翻转着，扇子他不用来摇风，在他手里乱响。他的手在胸腔上拍着，气闷着，再过一会，他完全安静下去，扇子任意丢在地板，苍蝇落在脸上，也不去搔它。

晚饭桌上了，伯父多喝了几杯酒，红着颜面向祖父说：

"菜市上看见王大姐呢！"

王大姐，我们叫他王大姑，常听母亲说："王大姐没有妈，爹爹为了贫穷去为匪，只留这个可怜的孩子住在我们家里。"伯父很多情呢！伯父也会恋爱呢，伯父的屋子和我姑姑们的屋子挨着，那时我的三个姑姑全没出嫁。

一夜，王大姑没有回内房去睡，伯父伴着她哩！

祖父不知这件事，他说："怎么不叫她来家呢？"

"她不来，看样子是很忙。"

"呵！从出了门子总没见过，二十多年了，二十多年了！"

祖父捋着斑白的胡子，他感到自己是老了！

伯父也感叹着："嗳！一转眼，老了！不是姑娘时候的王大姐了！头发白了一半。"

伯父的感叹和祖父完全不同，伯父是痛惜着他破碎的青春的故事。又想一想他婉转着说，说时他神秘的有点微笑："我经过菜市场，一个老太太回头看我，我走过，她仍旧看我。停在她身后，我想一想，是谁呢？过会我说：'是王大姐吗？'她转过身来，我问她，'在本街住吧？'她很忙，要回去烧饭，随后她走了，什么话也没说，提着空筐子走了！"

夜间，全家人都睡了，我偶然到伯父屋里去找一本书，因为对他，我连一点信仰也失去了，所以无言走出。

伯父愿意和我谈话似的："没睡吗？"

"没有。"

隔着一道玻璃门，我见他无聊的样子翻着书和报，枕旁一只蜡烛，火光在起伏。伯父今天似乎是例外，同我讲了好些话，关于报纸上的，又关于什么年鉴上的。他看见我手里拿着一本花面的小书，他问："什么书。"

"小说。"

我不知道他的话是从什么地方说起："言情小说，西厢是妙绝，红楼梦也好。"

那夜伯父奇怪的向我笑，微微的笑，把视线斜着看住我。我忽然想起白天所讲的王大姑来了，于是给伯父倒一杯茶，我走出房来，让他伴着茶香来慢慢的回味着记忆中的姑娘吧！

我与伯伯的学说渐渐悬殊，因此感情也渐渐恶劣，我想什么给感情分开的呢？我需要恋爱，伯父也需要恋爱。伯父见着他年轻时候的情人痛苦，假若是我也是一样。

那么他与我有什么不同呢？不过伯伯相信的是镀金的学说。

（原载于于1934年6月14、21、28日哈尔滨《国际协报》周刊

《文艺》第19、20、21期）

1928

民国15年，萧红高小二年级毕业，本应升学，但由于父亲的反对辍学在家，于一年后在祖父的支持下进入哈尔滨"东省特别区立女子第一中学校"（原从德女子中学校）初中一年级。萧红在前文中所说的"骗术"是指以出家当尼姑逼迫父亲向她屈服，允许他升学。

"女子第一中学，坐落在南岗风景区的邮政街上。这是一所新型学校，课程的设置有历史、地理、文学、英语、美术、体育，等等。这样的功课是萧红从来没有听说过的，同时产生一种新鲜感。她用心地学习着。"（萧凤《萧红传》，载1980年2月《散文》）

女子第一中学的生活开始让萧红渐渐发现了自己的兴趣和爱好所在，同时她少年时懵懂的感情也在此时发芽。

"……她这时醉心的是绘画。绘画教师是一个从上海回来的青年。美术专科学校毕业，名叫高仰山，是吉林省人。他带到教室里的不只是各种素描，主要的是从上海接触到的艺术气息。这气息感染着萧红，她突然发觉自己原来就有绘画的天才，她可以走下去。……在这条路上走着，那就是未来的自己，一个女画家啊！这幻想给了她温暖和生命。"（骆宾基《萧红小传》）

1928年张作霖被日本关东军炸死后，日本为了控制东北，逼迫张学良签订"满蒙新五路"条约，激起东北人民反日新高潮，11月9日哈尔滨大中小学校学生罢课，上街游行示威。萧红参加了这次学生的罢课示威游行。

一条铁路底完成

　　一九二八年的故事，这故事，我讲了好几次。而每当我读了一节关于学生运动记载的文章之后，我就想起那年在哈尔滨的学生运动，那时候我是一个女子中学里的学生，是开始接近冬天的季节。我们是在二层楼上有着壁炉的课室里面读着英文课本。因为窗子是装着双重玻璃，起初使我们听到的声音是从那小小的通气窗传进来的。英文教员在写着一个英文字，他回一回头，他看一看我们，可是接着又写下去，一个字终于没有写完，外边的声音就大了，玻璃窗子好象在雨天里被雷声在抖着似的那么轰响。短板墙以外的石头道上在呼叫着的，有那许多人，我从来没有见过，使我想象到军队，又想到马群，又想象到波浪，……总之对于这个我有点害怕。校门前跑着拿长棒的童子军，而后他们冲进了教员室，冲进了校长室，等我们全体走下楼梯的时候，我听到校长室里在闹着。这件事情一点也不光荣，使我以后见到男学生们总带着对不住或软弱的心情。

　　"你不放你的学生出动吗？……我们就是钢铁，我们就是熔炉……"跟着听到有木棒打在门扇上或是地板上，那乱糟糟的鞋底的响声。这一切好象有一场大事件就等待着发生，于是有一种庄严而宽宏的情绪高涨在我们的血管里。

　　"走！跟着走！"大概那是领袖，他的左边的袖子上围着一圈白布，没有戴帽子，从楼梯向上望着，我看他们快要变成播音机了："走！跟着走！"

而后又看到了女校长的发青的脸，她的眼和星子似的闪动在她的恐惧中。

"你们跟着去吧！要守秩序！"她好象被鹰类捉拿到的鸡似的软弱，她是被拖在两个戴大帽子的童子军的臂膀上。

我们四百多人在大操场上排着队的时候，那些男同学们还满院子跑着，搜索着，好象对于小偷那种形式，侮辱！侮辱！他们竟搜索到厕所。

女校长那混蛋，刚一脱离了童子军的臂膀，她又恢复了那假装着女皇的架子。

"你们跟他们去，要守秩序，不能破格……不能和那些男学生们那样没有教养，那么野蛮……"而后她抬起一只袖子来："你们知道你们是女学生吗？记得住吗？是女学生。"

在男学生们的面前，她又说了那样的话，可是一出校门不远，连对这侮辱的愤怒都忘记了。向着喇嘛台，向着火车站。小学校，中学校，大学校，几千人的行列……那时我觉得我是在这几千人之中，我觉得我的脚步很有力。凡是我看到的东西，已经都变成了严肃的东西，无论马路上的石子，或是那已经落了叶子的街树。反正我是站在"打倒日本帝国主义"的喊声中了。

走向火车站必得经过日本领事馆。我们正向着那座红楼咆哮着的时候，一个穿和服的女人打开走廊的门扇而出现在闪烁的阳光里。于是那"打倒日本帝国主义"的大叫改为"就打倒你"！她立刻就把身子抽回去了。那座红楼完全停在寂静中，只是楼顶上的太阳旗被风在折合着。走在石头道街又碰到了一个日本女子，她背上背着一个小孩，腰间束了一条小白围裙，围裙上还带着花边，手中提着一棵大白菜。我们又照样做了，不说"打倒日本帝国主义"而说"就打倒你！"因为她是走马路的旁边，我们就用手指着她而喊着。另一方面，我们又用自己光荣的情绪去体会她狼狈的样子。

第一天叫做"游行""请愿"，道里和南岗去了两部分市区①。这市区有点象租界，住民多是外国人。

长官公署，教育厅都去过了，只是"官们"出来拍手击掌地演了一篇说，结果还是："回学校去上课罢！"

日本要完成吉敦路②这件事情，究竟"官们"没有提到。

在黄昏里，大队分散在道尹公署的门前，在那个孤立着的灰色的建筑物前面，装置着一个大圆的类似喷水池的东西。有一些同学就坐在那边沿上，一直坐到星子们在那建筑物的顶上闪亮了，那个"道尹"究竟还没有出来，只看见卫兵在台阶上，在我们的四围挂着短枪来回地在戒备着。而我们则流着鼻涕，全身打着抖在等候着。到底出来了一个姨太太，那声音我们一点也听不见。男同学们跺着脚，并且叫着，在我听来已经有点野蛮了：

"不要她……去……去……只有官僚才要她……"

接着又换了个大太太（谁知道是什么，反正是个老一点的），不甚胖，有点短。至于说些什么，恐怕也只有她自己的圆肚子才能够听到。这还不算什么惨事，我一回头看见了有几个女同学尿了裤子的（因为一整天没有遇到厕所的原故）。

第二天没有男同学来撺，是自动出发的，在南岗下许公路的

①哈尔滨中心分道里、道外和南岗三个区域。
②1928年，日本帝国主义为加强对东北的掠夺，与东三省当局商定修筑吉五（吉林到五常）、长大（长春到大赉）、洮索（洮南到索伦）、延海（延吉到海林）、吉会（吉林至朝鲜会宁）五条铁路，引起了东三省广大人民的抗议，掀起了"反五路"斗争。哈尔滨的三千多学生在中共哈尔滨市委的领导下，于11月9日发动了示威游行，遭当局镇压，打伤学生三百多名。

大空场子上开的临时会议，这一天不是"游行"，不是"请愿"而要"示威"了。脚踏车队在空场四周绕行着，学生联合会的主席是个很大的脑袋的人，也没有戴帽子，只戴了一架眼镜。那天是个落着清雪的天气，他的头发在雪花里边飞着。他说的话使我很佩服，因为我从来没有晓得日本还与我们有这样大的关系，他说日本若完成了吉敦路可以向东三省进兵，他又说又经过高丽又经过什么……并且又听他说进兵进得那样快，也不是二十几小时？就可以把多少大兵向我们的东三省开来，就可以灭我们的东三省。我觉得他真有学问，由于崇敬的关系，我觉这学联主席与我隔得好象大海那么远。

组织宣传队的时候，我站过去，我说我愿意宣传。别人都是被推举的，而我是自告奋勇的。于是我就站在雪花里开始读着我已经得到的传单。而后有人发给我一张小旗，过一会又有人来在我的胳膊上用扣针给我别上条白布，那上面还卡着红色的印章，究竟那红印章是什么字，我也没有看出来。

大队开到差不多是许公路的最终极，一转弯一个横街里去，那就是滨江县的管界。因为这界限内住的纯粹是中国人，和上海的华界差不多。宣传队走在大队的中间，我们前面的人已经站住了，并且那条横街口站着不少的警察，学联代表们在大队的旁边跑来跑去。昨天晚上他们就说："冲！冲！"我想这回就真的到了冲的时候了吧？

学联会的主席从我们的旁边经过，他手里提着一个银白色的大喇叭筒，他的嘴接到喇叭筒的口上，发出来的声音好象牛鸣似的：

"诸位同学！我们是不是有血的动物？我们愿不愿意我们的老百姓给日本帝国主义做奴才……"而后他跳着，因为激动，他把喇叭筒象是在向着天空，"我们有决心没有？我们怕不怕死？"

"不怕！"虽然我和别人一样地嚷着不怕，但我对这新的一刻工夫就要来到的感觉好象一棵嫩芽似的握在我的手中。

那喇叭的声音到队尾去了，虽然已经遥远了，但还是能够震动我的心脏。我低下头去看着我自己的被踏污了的鞋尖，我看着我身旁的那条阴沟，我整理着我的帽子，我摸摸那帽顶的毛球。没有束围巾，也没有穿外套。对于这个给我生了一种侥幸的心情！

"冲的时候，这样轻便不是可以飞上去了吗？"昨天计划今天是要"冲"的，但不知为什么，我总觉得我有点特别聪明。

大喇叭筒跑到前面去时，我就闪开了那冒着白色泡沫的阴沟，我知道"冲"的时候就到了。

我只感到我的心脏在受着拥挤，好象我的脚跟并没有离开地面而自然它就会移动似的。我的耳边闹着许多种声音，那声音并不大，也不远，也不响亮，可觉得沉重，带来了压力，好象皮球被穿了一个小洞嘶嘶的在透着气似的，我对我自己毫没有把握。

"有决心没有？"

"有决心！"

"怕死不怕死？"

"不怕死。"

这还没有反复完，我们就退下来了。因为是听到了枪声，起初是一两声，而后是接连着。大队已经完全溃乱下来，只一秒钟，我们旁边那阴沟里，好象猪似的浮游着一些人。女同学被拥挤进去的最多，男同学在往岸上提着她们，被提的她们满身带着泡沫和气味，她们那发疯的样子很可笑，用那挂着白沫和糟粕的戴着手套的手搔着头发，还有的象已经癫痫的人似的，她在人群中不停地跑着；那被她擦过的人们，他们的衣服上就印着各种不同的花印。

大队又重新收拾起来，又发着号令，可是枪声又响了，对于枪声，人们象是看到了火花似的那么热烈。至于"打倒日本帝国主义""反对日本完成吉敦路"这事情的本身已经被人们忘记了，唯一所要打倒的就是滨江县政府。到后来连县政府也忘记了，只"打倒警察；打倒警察……"这一场斗争到后来我觉得比一开头还有趣味。在那时，"日本帝国主义"，我相信我绝对没有见过，但是警察我是见过的，于是我就嚷着：

"打倒警察，打倒警察！"

我手中的传单，我都顺着风让它们飘走了，只带着一张小白旗和自己的喉咙从那零散下来的人缝中穿过去。

那天受轻伤的共有二十几个。我所看到的只是从他们的身上流下来的血还凝结在石头道上。

满街开起电灯的夜晚，我在马车和货车的轮声里追着我们本校回去的队伍，但没有赶上。我就拿着那卷起来的小旗走在行人道上，我的影子混杂着别人的影子一起出现在商店的玻璃窗上，我每走一步，我看到了玻璃窗里我帽顶的毛球也在颤动一下。

男同学们偶尔从我的身边经过，我听到他们关于受伤的议论和救急车。

第二天的报纸上躺着那些受伤的同学们的照片，好象现在的报纸上躺的伤兵一样。

以后，那条铁路到底完成了。

——1937.12.27

（原载于1937年12月1日出版的《七月》第1卷第4期）

萧红（右）与继母的妹妹梁静芝（中）、梁玉芝（左）

民国18年的中东铁路事件再次点燃了萧红的爱国热情。中东铁路原是沙俄为了掠夺和侵略中国，控制远东而在中国领土上修建的一条铁路，随着东北的"改旗易帜"，张学良将军决定武力收回中东铁路主权，但由于双方装备悬殊，东北军"以东北一隅之力，对抗俄顷国之师"，而南京政府未发一兵一卒出关协助，中方伤亡惨重。张学良只能与苏联和平谈判，无条件同意恢复中东铁路原状。

萧红在这次事件中再次走上街头，参加了校方组织的"佩花"募捐活动，积极反苏。这成了日后萧红的一个"劣迹"，官方对此给出的解释是"由于萧红热衷于学生爱国运动和对苏联社会主义国家的性质缺乏了解，受军阀当局欺骗，参加反苏募捐。"（《萧红全集》附录《萧红年谱》）

实际在这次事件中，中共满洲省委始终在不遗余力地组织工人参与反对制造中东路反苏事件的斗争，并在时任满洲省委书记刘少奇的领导下，通过了"拥护苏联，反对帝国主义瓜分中国"的方针。

然而对于一个只有18岁的女学生而言，政治斗争并非她能理解的，她能做的只是出于自己强烈的热情和责任心。

正是在此次学生爱国运动中，萧红结识了哈尔滨法政大学进步学生陆振舜，并产生感情。

一九二九底愚昧

　　前一篇文章已经说过，1928年为着吉敦路的叫喊，我也叫喊过了。接着就是1929年。于是根据着那第一次的经验，我感觉到又是光荣的任务降落到我的头上来。

　　这是一次佩花大会，进行得很顺利，学校当局并没有加以阻止，而且那个白脸的女校长在我们用绒线剪作着小花朵的时候，她还跑过来站在旁边指导着我们。一大堆蓝色的盾牌完全整理好了的时候，是佩花大会的前一夜。楼窗下的石头道上落着那么厚的雪。一些外国人家的小房和房子旁边的枯树都膨胀圆了，那笨重而粗钝的轮廓就和穿得饱满的孩子一样臃肿。我背着远近的从各种颜色的窗帘透出来的灯光，而看着这些盾牌。盾牌上插着那些蓝色的小花，因着密度的关系，它们一个压着一个几乎是连成了排。那小小的黄色的花心蹲在蓝色花中央，好象小金点，又象小铜钉……

　　这不用说，对于我，我只盼想着明天，但有这一夜把我和明天隔离着，我是跳不过去的，还只得回到宿舍去睡觉。

　　这一次的佩花，我还对中国人起着不少的悲哀，他们差不多是绝对不肯佩上。有的已经为他们插在衣襟上了，他们又动手自己把它拔下来，他们一点礼节也不讲究，简直是蛮人！把花差不多是捏扁，弄得花心几乎是看不见了。结果不独整元的，竟连一枝铜板也看不见贴在他们的手心上。这一天，我是带着愤怒的，但也跑得最快，我们一小队的其余的三个人，常常是和我脱离开。

我的手套跑丢了一只，围巾上结着冰花，因为眼泪和鼻涕随时地流，想用手帕来揩擦，在这样的时候，在我是绝对顾不到的。等我的头顶在冒着气的时候，我们的那一小队的人说：

"你太热心啦，你看你的帽子已经被汗湿透啦！"

自己也觉得，我大概象是厨房里烤在炉旁的一张抹布那么冒气了吧？但还觉得不够。什么不够呢？那时候是不能够分析的。现在我想，一定是1928年游行和示威的时候，喊着"打倒日本帝国主义"，而这回只是给别人插了一朵小花而没有喊"帝国主义"的缘故。

我们这一小队是两个男同学和两个女同学。男同学是第三中学的，一个大个，一个小个。那个小个的，在我看来，他的鼻子有点发歪。另一个女同学是我的同班，她胖，她笨，穿了一件闪亮的黑皮大衣，走起路来和鸭子似的，只是鸭子没有全黑的。等到急的时候，我又看她象一只猪。

"来呀！快点呀，好多，好多……"我几乎要说：好多买卖让你们给耽误了。

等他们跑上来，我把已经打成皱褶，卷成一团的一元一元的钞票舒展开，放进用铁做的小箱子里去。那小箱子是在那个大个的男同学的胸前。小箱子一边接受这钞票，一边不安的在滚动。

"这是外国人的钱……这些完全是……是俄国人的……"往下我没有说，"外国人，外国人多么好唯，他们捐了钱去打他们本国为着'正义'！"

我走在行人道上，我的鞋底起着很高的冰锥，为着去追赶那个胖得好象行走的鸵鸟似的俄国老太婆。我几乎有几次要滑倒，等我把钱接过来，她已经走得很远，我还站在那里看着她帽子上插着的那棵颤抖着的大鸟毛，说不出是多么感激和多么佩服那黑色皮夹子因为开关而起的响声，那脸上因着微笑而起的皱褶。那蓝色带着黄心的小花恰恰是插在她外衣的左领边上，而且还是我插的。不由得把自己也就高傲了起来。对于我们那小队的其余三个人，于是我就带着绝顶的侮蔑的眼光回头看着他们。他们是离得那么远，他们向我走来的时候，并不跑，而还是慢慢地走，他们对于国家这样缺乏热情，使我实在没有理由把他们看成我的"同志"。他们称赞着我，说我热情，说我勇敢，说我最爱国。但我并不能够因为这个，使我的心对他们宽容一点。

"打苏联，打苏联……"这话就是这么简单，在我觉得十分不够，想要给添上一个"帝国主义"吧，但是从学联会发下来的就没有这一个口号。那么，苏联为什么就应该打呢？又不是帝国主义。这个我没有思索过，虽然这中苏事件的一开端我就亲眼看过。

苏联大使馆被检查，这事情的发生是六月或者是七月。夜晚并不热，我只记住天空是很黑的，对面跑来的马车，因为感觉上凉爽的关系，车夫台两边挂着的灯头就象发现在秋天树林子里的灯火一样。我们这女子中学每晚在九点钟的时候，有一百人以上的脚步必须经过大直街的东段跑到吉林街去。

我们的宿舍就在和大直街交叉着的那条吉林街上。苏联大使馆也在吉林街上，隔着一条马路和我们的宿舍斜对着。

这天晚上，我们走到吉林街口就被拦住了。手电灯晃在这条街上，双轮的小卡车靠着街口停着好几辆，行人必得经过检查才能够通过。我们是经过了交涉才通过的。

苏联大使馆门前的卫兵没有了，从门口穿来穿往的人们，手中都拿着手电灯，他们行走得非常机械，忙乱的，不留心的用手电灯四处照着，以致行人道上的短杨树的叶子的闪光和玻璃似的一阵一阵的出现。大使馆楼顶那个圆形的里边闪着几个外国字母的电灯盘不见了，黑沉沉的楼顶上连红星旗子也看不见了，也许是被拔掉了。并且所有的楼窗好象埋下地窖那么昏黑。

关于苏联或者就叫俄国吧，虽然我的生地和它那么接近，但我怎么能够知道呢？我不知道。那还是在我小的时候，"买羌帖"，"买羌帖"，"羌帖"是旧俄的纸币（纸卢布）。邻居们买它，亲戚们也买它，而我的母亲好象买得最多。夜里她有时候不睡觉，一听门响，她就跑出去开门，而后就是那个老厨子咳嗽着，也许是提着用纱布做的、过年的时候挂在门前的红灯笼，在厨房里他用什么东西打着他鞋底上结着的冰锥。他和母亲说的是什么呢？微小得象什么也没有说。厨房好象并没有人，只是那些冰锥从鞋底打落下的声音。我能够听得到，有时候他就把红灯笼也提进内房来，站在炕沿旁边的小箱子上，母亲赶快就去装一袋烟，母亲从来对于老厨子没有这样做过。不止装烟，我还看见了给他烫酒，给他切了几片腊肉放在小碟心里。老厨子一边吃着腊肉，一边上唇的胡子流着水珠，母亲赶快在旁边拿了一块方手巾给他。我认识那方手巾就是我的。而后母亲说：

"天冷啊！三九天有胡子的年纪出门就是这手不容易。"

这一句话高于方才他们所说的那一大些话。什么"行市"啦！"涨"啦！"落"啦！应该卖啦吧！这些话我不知为什么他们说得那么严重而低小。

家里这些日子在我觉得好象闹鬼一样，灶王爷的香炉里整夜的烧着香。母亲夜里起来，洗手洗脸，半夜她还去再烧一次。有的时候，她还小声一个人在说着话。我问她的时候，她就说吟的是《金刚经》。而那香火的气味满屋子都是。并且她和父亲吵架。父亲骂她"受穷等不到天亮",母亲骂他"愚顽不灵"。因为买"羌帖"这件事情父亲始终是不成的。父亲说:

"皇党和穷党是俄国的事情,谁胜谁败我们怎能够知道!"

而祖父就不那么说,他和老厨子一样:

"那穷党啊!那是个胡子头,马粪蛋不进粪缸,走到哪儿不也还是个臭?"

有一夜,那老厨子回来了,并没有打鞋底的冰锥,也没有说话。母亲和他在厨房里都象被消灭一样,而后我以为我是听到哭声,赶快爬起来去看,并没有谁在哭,是老厨房的鼻头流着清水的缘故。他的灯笼并不放下,拖得很低,几乎灯笼底就落在地上,好象随时他都要走。母亲和逃跑似的跑到内房来,她就把脸伏在我的小枕头上,我的小枕头就被母亲占据了一夜。

第二天他们都说"穷党"上台了。

所以这次佩花大会,我无论做得怎样吃力,也觉得我是没有中心思想。"苏联"就是"苏联",它怎么就不是"帝国主义"呢?同时在我宣传的时候,就感到种种的困难。困难也照样做了。比方我向着一个"苦力"狂追过去,我拦断了他的行路,我把花给他,他不要,只是把几个铜板托在手心上,说:"先生,这花象我们做苦力的戴不得,我们这穿着,就是戴上也不好看,还是给别人去戴吧!"

还有比这个现在想起来使我脸皮更发烧的事情:我募捐竟募到了一分邮票和一盒火柴。那小烟纸店的老板无论如何摆脱不了我的缠绕之后,竟把一盒火柴摔在柜台上。火柴在柜台上花喇喇地滚到我的旁边,我立刻替国家感到一种侮辱。并不把火柴收起来,照旧向他讲演，接着又捐给我一分邮票。我虽然象一个叫花子似的被人接待着，但在精神上我相信是绝对高的。火柴没有要，邮票到底收了。

我们的女校，到后来竟公开的领导我们，把一个苏联的也不知道是什么"子弟学校"给占过来，做我们的宿舍。那真阔气，和席子纹一样的拼花地板，玻璃窗子好象商店的窗子那么明朗。

在那时节我读着辛克来的《屠场》①，本来非常苦闷，于是对于这本小说用了一百二十分的热情读下去。在那么明朗的玻璃窗下读。因为起早到学校去读，路上时常遇到戒严期的兵士们的审问和刺刀的闪光。结果恰恰相反，这本小说和中苏战争同时启发着我，是越启发越坏的。

正在那时候，就是佩花大会上我们同组那个大个的，鼻子有点发歪的男同学还给我来一封信，说我勇敢，说我可钦佩，这样的女子他从前没有见过。而后是要和我交朋友。那时候我想不出什么理由来，现在想：他和我原来是一样混蛋。

—— 1937.12.13

（原载于1937年12月16日《七月》第1卷第5期）

①厄普顿·辛克来（1878－1968），美国著名左翼作家、社会改革家。小说《屠场》是他的代表作，以自然主义的手法描写了芝加哥的肉类加工业，因书中描写了不卫生的加工作业方法，致使美国于1906年通过《肉类检验和纯净食品法案》。

萧红祖父张维祯   萧红祖母范氏

1929

民国18年6月7日，萧红的祖父去世。祖父的去世让萧红的世界几乎崩塌，在陈隄《萧红评传》中有这样一段描述："祖父去世了，她在家失去了唯一的精神支柱，难过得泣不成声，一股巨大的无形压力，使她几乎倾倒下来。"

这种悲痛也可能因为事发突然，毕竟在这年的3月15日家里还大设宴席，为其庆祝80大寿。在这场宴会上，黑龙江省剿匪总司令、东北陆军十二旅中将旅长马占山和上校骑兵团团长汪廷兰、呼兰县长廖飞鹏，以及地方上的头头脑脑都来为祖父祝寿。马占山还赠送其祖父一块"康疆逢吉"的牌匾，并由他提议，当场决定将萧红家住的英顺胡同改为长寿胡同。

祖父的死也为日后萧红逃出这个封建的家庭做了铺垫，因为在萧红看来，这个家已经没什么值得留恋的了，一个更大更广阔的天地从此展现在萧红的生活里。

祖父死了的时候

　　祖父总是有点变样子，他喜欢流起眼泪来，同时过去很重要的事情他也忘掉。比方过去那一些他常讲的故事，现在讲起来，讲了一半下一半他就说："我记不得了。"

　　某夜，他又病了一次，经过这一次病，他竟说："给你三姑写信，叫她来一趟，我不是四五年没看过她吗？"他叫我写信给我已经死去五年的姑母。

　　那次离家是很痛苦的。学校来了开学通知信，祖父又一天一天地变样起来。

　　祖父睡着的时候，我就躺在他的旁边哭，好象祖父已经离开我死去似的，一面哭着一面抬头看他凹陷的嘴唇。我若死掉祖父，就死掉我一生最重要的一个人，好象他死了就把人间一切"爱"和"温暖"带得空空虚虚。我的心被丝线扎住或铁丝绞住了。

　　我联想到母亲死的时候。母亲死以后，父亲怎样打我，又娶一个新母亲来。这个母亲很客气，不打我，就是骂，也是指着桌子或椅子来骂我。客气是越客气了，但是冷淡了，疏远了，生人一样。

　　"到院子去玩玩吧！"祖父说了这话之后，在我的头上撞了一下，"喂！你看这是什么？"一个黄金色的橘子落到我的手中。

　　夜间不敢到茅厕去，我说："妈妈同我到茅厕去趟吧。"

　　"我不去！"

　　"那我害怕呀！"

"怕什么？"

"怕什么？怕鬼怕神？"父亲也说话了，把眼睛从眼镜上面看着我。

冬天，祖父已经睡下，赤着脚，开着纽扣跟我到外面茅厕去。

学校开学，我迟到了四天。三月里，我又回家一次，正在外面叫门，里面小弟弟嚷着："姐姐回来了！姐姐回来了！"大门开时，我就远远注意着祖父住着的那间房子。果然祖父的面孔和胡子闪现在玻璃窗里。我跳着笑着跑进屋去。但不是高兴，只是心酸，祖父的脸色更惨淡更白了。等屋子里一个人没有时，他流着泪，他慌慌忙忙的一边用袖口擦着眼泪，一边抖动着嘴唇说："爷爷不行了，不知早晚……前些日子好险没跌……跌死。"

"怎么跌的？"

"就是在后屋，我想去解手，招呼人，也听不见，按电铃也没有人来，就得爬啦。还没到后门口，腿颤，心跳，眼前发花了一阵就倒下去。没跌断了腰……人老了，有什么用处！爷爷是八十一岁呢。"

"爷爷是八十一岁。"

"没用了，活了八十一岁还是在地上爬呢！我想你看不着爷爷了，谁知没有跌死，我又慢慢爬到炕上。"

我走的那天也是和我回来那天一样，白色的脸的轮廓闪现在玻璃窗里。

在院心我回头看着祖父的面孔，走到大门口，在大门口我仍可看见，出了大门，就被门扇遮断。

从这一次祖父就与我永远隔绝了。虽然那次和祖父告别，并没说出一个永别的字。我回来看祖父，这回门前吹着喇叭，幡杆挑得比房头更高，马车离家很远的时候，我已看到高高的白色幡杆了，吹鼓手们的喇叭怆凉的在悲号。马车停在喇叭声中，大门前的白幡、白对联、院心的灵棚、闹嚷嚷许多人，吹鼓手们响起呜呜的哀号。

这回祖父不坐在玻璃窗里，是睡在堂屋的板床上，没有灵魂的躺在那里。我要看一看他白色的胡子，可是怎样看呢！拿开他脸上蒙着的纸吧，胡子、眼睛和嘴，都不会动了，他真的一点感觉也没有了？我从祖父的袖管里去摸他的手，手也没有感觉了。祖父这回真死去了啊！

祖父装进棺材去的那天早晨，正是后园里玫瑰花开放满树的时候。我扯着祖父的一张被角，抬向灵前去。吹鼓手在灵前吹着大喇叭。

我怕起来，我号叫起来。

"咣咣！"黑色的，半尺厚的灵柩盖子压上去。

吃饭的时候，我饮了酒，用祖父的酒杯饮的。饭后我跑到后园玫瑰树下去卧倒，园中飞着蜂子和蝴蝶，绿草的清凉的气味，这都和十年前一样。可是十年前死了妈妈。妈妈死后我仍是在园中扑蝴蝶；这回祖父死去，我却饮了酒。

过去的十年我是和父亲打斗着生活。在这期间我觉得人是残酷的东西。父亲对我是没有好面孔的，对于仆人也是没有好面孔的，他对于祖父也是没有好面孔的。因为仆人是穷人，祖父是老人，我是个小孩子，所以我们这些完全没有保障的人就落到他的手里。后来我看到新娶来的母亲也落到他的手里，他喜欢她的时候，便同她说笑，他恼怒时便骂她，母亲渐渐也怕起父亲来。

母亲也不是穷人，也不是老人，也不是孩子，怎么也怕起父亲来呢？我到邻家去看看，邻家的女人也是怕男人。我到舅家去，舅母也是怕舅父。

我懂得的尽是些偏僻的人生，我想世间死了祖父，就没有再同情我的人了，世间死了祖父，剩下的尽是些凶残的人了。

我饮了酒，回想，幻想……

以后我必须不要家，到广大的人群中去，但我在玫瑰树下颤怵了，人群中没有我的祖父。

所以我哭着，整个祖父死的时候我哭着。

（原载于1935年7月28日长春《大同报》副刊《大同俱乐部》）

1930—1934
从哈尔滨到上海

1930

萧红的反抗和漂泊之路是从1930年开始的。

1930年张、汪两家积极为萧红嫁、娶做准备，这让萧红很痛苦，一方面萧红想继续自己的学业，另一方面萧红与未婚夫汪恩甲的关系逐渐变淡，转而更加依赖陆振舜。

陆振舜为了坚定萧红反抗封建家庭包办婚姻，毅然从哈尔滨法政大学退学先行去北京入中国大学为萧红来京做准备。萧红遂决心去北京，"先是借口到哈尔滨去买嫁妆，从父亲手里骗了一笔钱"，然后与陆振舜汇合于8月31日乘火车奔赴北京，入读北京女师大附中高中一年级①。

"我现在女师大附中读书，我俩住在二龙坑的一个四合院里，生活比较舒适。这院里有一棵大枣树，现在正是枣儿成熟的季节，枣儿又甜又脆，可惜不能与你同尝。秋天到了！潇洒的秋风，好自玩味！"这充满了喜悦感的话，是20岁的萧红写给她的好朋友沈玉贤的信中说的。（沈玉贤《回忆萧红》载1981年6月16日《哈尔滨日报》）

萧红和陆振舜在北京的生活开始还算完满，甚至还请了一个北平当地人耿妈照料饮食起居（正是文中的

---

① 对于第一次离家，萧红曾对塔斯社记者说，她去北京读大学，是想当画家，不是抗婚。也并非为了恋爱，实际上在北京的时候她与陆振舜也没有同居，很多人都是凭臆测来把萧红打扮成一个"水性杨花"的女子。

梗妈），也总有三五好友在每周日下午到他们的小院里高谈阔论，然而好景不长，经济上的窘况很快显露出来了，陆家在得知此事后对陆振舜实行"经济制裁"，断绝一切费用，萧红二人被迫过着饥寒交迫的生活。

对此，李洁吾的《萧红在北京的时候》有详细记载"11月的中旬，天气已经很凉了，家境好的同学，早已换上了适应节气的秋装。可是乃莹的家里，除开寄来警告她赶快回家结婚的信件之外，一件取暖的衣服也没给寄！……12月，眼看要落雪了。一天我去看他们，只见乃莹正由耿妈帮助着用旧棉絮把单衣改制成一件小棉袄……仅有这样的衣服怎么能过冬呢？我即跑去找一个同乡同学借了20元钱拿来送给他们。这样，乃莹才得以在东安市场，买了棉毛衫裤挡挡风寒。"

在北平读书时的张廼莹

中秋节

记得青野送来一大瓶酒，董醉倒在地下，剩我自己也没得吃月饼。小屋寂寞的，我读着诗篇，自己过个中秋节。

我想到这里，我不愿再想，望着四面清冷的壁，望着窗外的天。云侧倒在床上，看一本书，一页，两页，许多页，不愿看。那么我听着桌子上的表，看着瓶里不知名的野花，我睡了。

那不是青野吗？带着枫叶进城来，在床沿大家默坐着。枫叶插在瓶里，放在桌上，后来枫叶干了坐在院心。常常有东西落在头上，啊，小圆枣滚在墙根外。枣树的命运渐渐完结着。晨间学校打钟了，正是上学的时候，梗妈穿起棉袄打着嚏喷在扫偎在墙根哭泣的落叶，我也打着嚏喷。梗妈捏了我的衣裳说："九月时节穿单衣服，怕是害凉。"

董从他房里跑出，叫我多穿件衣服。

我不肯，经过阴凉的街道走进校门。在课室里可望到窗外黄叶的芭蕉。同学们一个跟着一个的向我问：

"你真耐冷，还穿单衣。"

"你的脸为什么紫色呢？"

"倒是关外人……"

她们说着，拿女人专有的眼神闪视。

到晚间，嚏喷打得越多，头痛，两天不到校。上了几天课，又是两天不到校。

森森的天气紧逼着我，好象秋风逼着黄叶样，新历一月一日降雪了，我打起寒颤。开了门望一望雪天，呀！我的衣裳薄得透明了，结了冰般地。跑回床上，床也结了冰般地。我在床上等着董哥，等得太阳偏西，董哥偏不回来。向梗妈借十个大铜板，于是吃烧饼和油条。

青野踏着白雪进城来，坐在椅间，他问："绿叶怎么不起呢？"

梗妈说："一天没起，没上学，可是董先生也出去一天了。"

青野穿的学生服，他摇摇头，又看了自己有洞的鞋底，走过来他站在床边又问："头痛不？"把手放在我头上试热。

说完话他去了，可是太阳快落时，他又回转来。董和我都在猜想。他把两元钱放在梗妈手里，一会就是门外送煤的小车子哗铃的响，又一会小煤炉在地心红着。同时，青野的被子进了当铺，从那夜起，他的被子没有了，盖着褥子睡。

这已往的事，在梦里关不住了。

门响，我知道是三郎回来了，我望了望他，我又回到梦中。可是他在叫我："起来吧，悄悄，我们到朋友家去吃月饼。"

他的声音使我心酸，我知道今晚连买米的钱都没有，所以起来了，去到朋友家吃月饼。人嚣着，经过菜市，也经过睡在路侧的僵尸，酒醉得晕晕的，走回家来，两人就睡在清凉的夜里。

三年过去了，现在我认识的是新人，可是他也和我一样穷困，使我记起三年前的中秋节来。

（原载1933年10月29日《大同报》周刊《夜哨》第12期。）

萧红与陆哲舜租住的北平西城二龙坑旧址

1931

民国20年1月，寸步难行又饥寒交迫的陆振舜决定向家里妥协，带萧红返回哈尔滨。对此，李洁吾的《萧红在北京的时候》是这样说的"临近寒假的时候，陆家来信警告说：如果他们放寒假回东北，就给寄来路费，不然，从此以后什么都不寄！……没有别的办法可想，陆振舜决定回去。在整理行装时陆振舜告诉我说，乃莹责备他是'商人重利轻别离'。我知道，乃莹是不愿走的，可是我们这些穷同学谁也帮不了他们的忙，不走，又怎么生活下去呢？真是爱莫能助啊！……以上，是萧红第一次来北京的生活情况，时间是1930年7月—1931年1月。"

萧红刚回到哈尔滨时并未有先回家，而是在哈市过了一段流浪的日子，常常和二伯父家的两个妹妹和一个弟弟来往。

过 夜

　　也许是快近天明了吧！我第一次醒来。街车稀疏的从远处响起，一直到那声音雷鸣一般地震撼着这房子，直到那声音又远远的消灭下去，我都听到的。但感到生疏和广大，我就象睡在马路上一样，孤独并且无所凭据。

　　睡在我旁边的是我所不认识的人，那鼾声对于我简直是厌恶和隔膜。我对她并不存着一点感激，也象憎恶我所憎恶的人一样憎恶她。虽然在深夜里她给我一个住处，虽然从马路上把我招引到她的家里。

　　那夜寒风逼着我非常严厉，眼泪差不多和哭着一般流下，用手套抹着，揩着，在我敲打姨母家的门的时候，手套几乎是结了冰，在门扇上起着小小的粘结。我一面敲打一面叫着：

　　"姨母！姨母……"她家的人完全睡下了，狗在院子里面叫了几声。我只好背转来走去。脚在下面感到有针在刺着似的痛楚。我是怎样的去羡慕那些临街的我所经过的楼房，对着每个窗子我起着愤恨。那里面一定是温暖和快乐，并且那里面一定设置着很好的眠床。一想到眠床，我就想到了我家乡那边的马房，挂在马房里面不也很安逸！甚至于我想到了狗睡觉的地方，那一定有茅草。坐在茅草上面可以使我的脚温暖。

　　积雪在脚下面呼叫："吱……吱……吱……"我的眼毛感到了纠绞，积雪随着风在我的腿部扫打。当我经过那些平日认为可怜的下等妓馆的门前时，我觉得她们也比我幸福。

我快走，慌张的走，我忘记了我背脊怎样的弓起，肩头怎样的耸高。

"小姐！坐车吧！"经过繁华一点的街道，洋车夫们向我说着。

都记不得了，那等在路旁的马车的车夫们也许和我开着玩笑。

"喂……喂……冻得活象个他妈的……小鸡样……"

但我只看见马的蹄子在石路上面踩打。

我走上了我熟人的扶梯，我摸索，我寻找电灯，往往一件事情越接近着终点越容易着急和不能忍耐。升到最高级了，几乎从顶上滑了下来。

感到自己的力量完全用尽了！再多走半里路也好象是不可能，并且这种寒冷我再不能忍耐，并且脚冻得麻木了，需要休息下来，无论如何它需要一点暖气，无论如何不应该再让它去接触着霜雪。

去按电铃，电铃不响了，但是门扇欠了一个缝，用手一触时，它自己开了。一点声音也没有，大概人们都睡了。我停在内间的玻璃门外，我招呼那熟人的名字，终没有回答！我还看到墙上那张没有框子的画片。分明房里在开着电灯。再招呼了几声，但是什么也没有……

"喔……"门扇用铁丝绞了起来，街灯就闪耀在窗子的外面。我踏着过道里搬了家余留下来的碎纸的声音，同时在空屋里我听到了自己苍白的叹息。

"浆汁还热吗？"在一排长街转角的地方，那里还张着卖浆汁的白色的布棚。我坐在小凳上，在集合着铜板……

等我第一次醒来时，只感到我的呼吸里面充满着鱼的气味。

"街上吃东西，那是不行的。您吃吃这鱼看吧，这是黄花鱼，用油炸的……"她的颜面和干了的海藻一样打着波皱。

"小金铃子，你个小死鬼，你给我滚出来……快……"我跟着她的声音才发现墙角蹲着个孩子。

"喝浆汁，要喝热的，我也是爱喝浆汁……哼！不然，你就遇不到我了，那是老主顾，我差不多每夜要喝——偏偏金铃子昨晚上不在家，不然的话，每晚都是金铃子去买浆汁。"

"小死金铃子，你失了魂啦！还等我孝敬你吗？还不自己来装饭！"

那孩子好象猫一样来到桌子旁边。

"还见过吗？这丫头13岁啦，你看这头发吧！活象个多毛兽！"她在那孩子的头上用筷子打了一下，于是又举起她的酒杯来。她的两只袖口都一起往外脱着棉花。

晚饭她也是喝酒，一直喝到坐着就要睡去了的样子。

我整天没有吃东西，昏沉沉和软弱，我的知觉似乎一半存在着，一半失掉了。在夜里，我听到了女孩的尖叫。

"怎么，你叫什么？"我问。

"不，妈呀！"她惶惑的哭着。

从打开着的房门，老妇人捧着雪球回来了。

"不，妈呀！"她赤着身子站到角落里去。

她把雪块完全打在孩子的身上。

"睡吧！我让你知道我的厉害！"她一面说着，孩子的腿部就流着水的条纹。

我究竟不知道这是为了什么。

第二天，我要走的时候，她向我说：

"你有衣裳吗？留给我一件……"

"你说的是什么衣裳？"

"我要去进当铺，我实在没有好当的了！"于是她翻着炕上的旧毯片和流着棉花的被子："金铃子这丫头还不中用……也无怪她，年纪还不到哩！五毛钱谁肯要她呢？要长样没有长样，要人才没有人才！花钱看样子吗？前些个年头可行，比方我年轻的时候，我常跟着我的姨姐到班子里去逛逛，一逛就能落几个……多多少少总能落几个……现在不行了！正经的班子不许你进，土窑子是什么油水也没有，老庄那懂得看样了，花钱让他看样子，他就干了吗？就是凤凰也不行啊！落毛鸡就是不花钱谁又想看呢？"她突然用手指在那孩子的头上点了一下。"摆设，总得象个摆设的样子，看这穿戴……呸呸！"她的嘴和眼睛一致的歪动了一下。"再过两年我就好了。管她长得猫样狗样，可是她倒底是中用了！"

她的颜面和一片干了的海蜇一样。我明白一点她所说的"中用"或"不中用"。

"套鞋可以吧？"我打量了我全身的衣裳，一件棉外衣，一件夹袍，一件单衫，一件短绒衣和绒裤，一双皮鞋，一双单袜。

"不用进当铺，把它卖掉，三块钱买的，五角钱总可以卖出。"

我弯下腰在地上寻找套鞋。

"哪里去了呢？"我开始划着一根火柴，屋子里黑暗下来，好象"夜"又要来临了。

"老鼠会把它拖走的吗？不会的吧？"我好象在反复着我的声音，可是她，一点也不来帮助我，无所感觉的一样。

我去扒着土炕，扒着碎毡片，碎棉花。但套鞋是不见了。

女孩坐在角落里面咳嗽着，那老妇人简直是喑哑了。

"我拿了你的鞋！你以为？那是金铃子干的事……"借着她抽烟时划着火柴的光亮，我看到她打着皱纹的鼻子的两旁挂下两条发亮的东西。

"昨天她把那套鞋就偷着卖了！她交给我钱的时候我才知道。半夜里我为什么打她？就是为着这桩事。我告诉她偷，是到外面去偷。看见过吗？回家来偷。我说我要用雪把她活埋……不中用的，男人不能看上她的，看那小毛辫子！活象个猪尾巴！"

她回转身去扯着孩子的头发，好象在扯着什么没有知觉的东西似的。

"老的老，小的小……你看我这年纪，不用说是不中用的啦！"

两天没有见到太阳，在这屋里，我觉得狭窄和阴暗，好象和老鼠住在一起了。假如走出去，外面又是"夜"。但一点也不怕惧，走出去了！

我把单衫从身上褪了下来。我说："去当，去卖，都是不值钱的。"

这次我是用夏季里穿的通孔的鞋子去接触着雪地。

（首刊于1936年2月20日上海《海燕》第2期）

1931

独自在哈尔滨流浪的这段日子使萧红再次面临人生的困境，没人知道萧红在哈尔滨待了多长时间，然而从陆振舜给李洁吾的信中我们得知，这次流浪并未持续多长时间，"后来，终于接到了陆振舜的信。他告诉我乃莹已回呼兰家乡，又听说她一回去，就被家里囚禁起来，因此患了神经病！……我相信，这样的事是完全可能发生的，心里又急又气，心想：如果我能去呼兰，一定要找她父亲去讲讲道理，把乃莹给营救出来！"（李洁吾《萧红在北京的时候》）这应该是萧红在走之前和弟弟见面的场景。

初 冬

初冬，我走在清凉的街道上，遇见了我的弟弟①。

"莹姐，你走到哪里去？"

"随便走走吧！"

"我们去吃一杯咖啡，好不好，莹姐。"

咖啡店的窗子在帘幕下挂着苍白的霜层。我把领口脱着毛的外衣搭在衣架上。我们开始搅着杯子铃嘟的响了。

"天冷了吧！并且也太孤寂了，你还是回家的好。"弟弟的眼睛是深黑色的。

我摇了头，我说："你们学校的篮球队近来怎么样？还活跃吗？你还很热心吗？"

"我掷筐掷得更进步，可惜你总也没到我们球场上来了。你这样不畅快是不行的。"

我仍搅着杯子，也许飘流久了的心情，就和离了岸的海水一般，若非遇到大风是不会翻起的。我开始弄着手帕。弟弟再向我说什么我已不去听清他，仿佛自己是沉坠在深远的幻想的井里。

我不记得咖啡怎样被我吃干了杯了。茶匙在搅着空的杯子时，弟弟说："再来一杯吧！"

女侍者带着欢笑一般飞起的头发来到我们桌边，她又用很响亮

---

①文中的弟弟，不是张秀珂，是二伯父之长子张秀睿，当时在东特第一中学读书。

的脚步摇摇地走了去。也许因为清早或天寒，再没有人走进这咖啡店。在弟弟默默看着我的时候，在我的思想凝静得玻璃一般平的时候，壁间暖气管小小嘶鸣的声音都听得到了。

"天冷了，还是回家好，心情这样不畅快，长久了是无益的。"

"怎么！"

"太坏的心情与你有什么好处呢？"

"为什么要说我的心情不好呢？"

我们又都搅着杯子。有外国人走进来，那响着嗓子的、嘴不住在说的女人，就坐在我们的近边。她离得我越近，我越嗅到她满衣的香气，那使我感到她离得我更辽远，也感到全人类离得我更辽远。也许她那安闲而幸福的态度与我一点联系也没有。

我们搅着杯子，杯子不能象起初搅得发响了。街车好象渐渐多了起来，闪在窗子上的人影，迅速而且繁多了。隔着窗子，可以听到喑哑的笑声和喑哑的踏在行人道上的鞋子的声音。

"莹姐，"弟弟的眼睛深黑色的。"天冷了，再不能飘流下去，回家去吧！"弟弟说："你的头发这样长了，怎么不到理发店去一次呢？"我不知道为什么被他这话所激动了。也许要熄灭的灯火在我心中复燃起来，热力和光明鼓荡着我：

"那样的家我是不想回去的。"

"那么飘流着，就这样飘流着？"弟弟的眼睛是深黑色的。他的杯子留在左手里边，另一只手在桌面上，手心向上翻张了开来，要在空间摸索着什么似的。最后，他是捉住自己的领巾。我看着他在抖动的嘴唇："莹姐，我真担心你这个女浪人！"他牙齿好象更白了些，更大些，而且有力了，而且充满热情了。为热情而波动，他的嘴唇是那样的退去了颜色。并且他的全人有些近乎狂人，然而安静，完全被热情侵占着。

出了咖啡店，我们在结着薄碎的冰雪上面踏着脚。

初冬，早晨的红日扑着我们的头发，这样的红光使我感到欣快和寂寞。弟弟不住地在手下摇着帽子，肩头耸起了又落下了；心脏也是高了又低了。

渺小的同情者和被同情者离开了市街。

停在一个荒败的枣树园的前面时，他突然把很厚的手伸给了我，这是我们要告别了。

"我到学校去上课！"他脱开我的手，向着我相反的方向背转过去。可是走了几步，又转回来：

"莹姐，我看你还是回家的好！"

"那样的家我是不能回去的，我不愿意受和我站在两极端的父亲的豢养……"

"那么你要钱用吗？"

"不要的。"

"那么，你就这个样子吗？你瘦了！你快要生病了！你的衣服也太薄啊！"弟弟的眼睛是深黑色的，充满着祈祷和愿望。我们又握过手，分别向不同的方向走去。

太阳在我的脸面上闪闪耀耀。仍和未遇见弟弟以前一样，我穿着街头，我无目的地走。寒风，刺着喉头，时时要发作小小的咳嗽。

弟弟留给我的是深黑色的眼睛，这在我散漫与孤独的流荡人的心板上，怎能不微温了一个时刻？

（原载1936年1月5日上海《生活知识》第1卷第7期。）

1932

民国21年在萧红的一生中留下了难以磨灭的印记。她怀孕了，并且生下了一个婴孩，而这一切都与之前那个被反复提到的人，汪恩甲有关。

如前所述，汪恩甲是萧红的未婚夫，婚事是由萧红六叔张廷献与汪恩甲的大哥汪恩厚（大澄）介绍的，起初萧红并未反对这门婚姻，据见过汪恩甲的长辈回忆，汪个子挺高，仪表也不错，形象很好。那以后，在哈尔滨女一中读书的萧红就开始与汪恩甲正式交往。应该说，最初两人的关系还是不错的。因为同班的几个好友都记得萧红为未婚夫汪恩甲织毛衣的事。

可随着交往的加深，汪恩甲身上的缺点甚至是恶习被萧红发现，"她突然变得心事重重，默默无言，不愿跟我们一起读诗了。她常常在夜里暗暗哭泣，星期天偷偷地喝酒……原来是爱情噬伤了她少女的心，她发现了未婚夫吸食鸦片，悄悄地爱上了表哥（陆振舜）。她忧心忡忡，喜怒无常，同学们都说：'张乃莹变了！'又有谁知道她内心的痛苦！"（沈玉贤《回忆萧红》载1981年6月16日《哈尔滨日报》）

在此之后，萧红离家赴京，仅半年后就因经济困难回到呼兰，随后的故事扑朔迷离，其中有三个疑问：

第一，时间之谜。据铁峰先生考证（《萧红全集·年谱》），萧红是在姑姑和七婶帮助下，先藏在一个长工家的柴火垛里，于1931年10月4日由送秋白菜的大车带离福昌号屯逃到哈尔滨的，之后先在一个女同学家住了几天，因为生活无着，只好去找未婚夫汪恩甲和好，可是1932年3月，萧红再次离开汪恩甲赴京，投奔李洁吾。未几，被汪恩甲找到，两人闹翻，萧红只身回到哈尔滨借住在妹妹张秀珉家，随后发现怀孕，只好又和汪恩甲回到旅馆居住。

然而当事人之一的李洁吾却是这样回忆这件事的：大约在1931年的2月末，突然收到陆振舜拍来的一封电报，内容是说乃莹已经乘车回京。……这次来京，她穿了一件骆绒领、蓝绿华达呢面、狸子皮里的皮大衣。她还送给我一小瓶白兰地酒和一盆马蹄莲花。……这就是萧红第二次来北京的情况，时间是1931年的初春，2-3月间。

第二，同行之谜。《萧红年表》中认为萧红和陆振舜回到哈尔滨后，不久与家里妥协，以答应结婚为条件返京学习，汪恩甲随同来京，时间是1931年2月，（这与李洁吾的回忆完全一致）不久后，萧红随汪恩甲回到哈尔滨，开始筹办婚事了。

然而在李洁吾的记忆中，萧红来京是独自一人，离京更显慌忙。"自从乃莹回东北之后，我无时不在惦念着她……我曾给陆振舜写信询问过乃莹的归乡情况。后来，终于接到了陆振舜的信。他告诉我乃莹已回呼兰家乡，又听说她一回去，就被家里囚禁起来，……

后来，又接到陆振舜的第二封来信，信中说：如果乃莹
能够有伍元钱路费的话，就可以由呼兰乘车逃出来了！
这一消息使我很振奋，马上就从北京想办法兑换了伍元
钱的"哈尔滨大洋"票子，将它小心地贴在诗人戴望舒
写的一册诗集《我的记忆》最后硬封皮的夹层里寄出
了！……

……记得曾几次问到她回乡后的情况和这次是如
何从家里出走的，她都避而不答，我也一直忘记问那本
"诗集"可收到了。

一天傍晚，我正和乃莹在屋内闲谈，听见有人叩
门，耿妈进来说："有个人找小姐。"乃莹听了立即出
门去看，谁知那人竟闯了进来，正和乃莹在房门口打个
照面。她，愕然了！！……那个人进屋之后，一屁股便
坐在了椅子上，一言不发。乃莹跟在他的背后，对我
伸伸舌头，做个怪样子。我看看那个人，心里猜疑着：
这是个什么人呢？……乃莹给我介绍说："这是汪先
生。"我向那人点点头，说明我和乃莹是朋友，听说乃
莹回来了，特地来看看她。那人仍不发一言。……我坐
在那里也很尴尬，空气好似不再流动，停滞了！僵持了
一刻，我便告辞出门了，乃莹没出来送行。

晚间，我又去西巷，见临街的窗子是黑洞洞的没有
灯光。……耿妈来开门，告诉我小姐他们出去了，并使
我知道了那个男人，就是"小姐的未婚夫"。

没过几天，我又进城去看乃莹，谁知耿妈却说："小姐他们走了，回东北了。"

第三，软禁之谜。多数的回忆中都认为萧红被"软禁"是在第一次从北京回呼兰后，家里人迫于舆论的压力和出于约束萧红的目的才采取的措施，然而近些年有学者，特别是《萧红年表》认为，萧红被家里软禁是她第二次去北京之后，时间是1931年3月至9月，起因是汪恩甲的大哥知道萧红逃婚后恼怒地要求弟弟汪恩甲立即退婚，萧红不满退婚告到法院。法院解除婚约，萧红回到呼兰。张家受不住舆论压力，梁氏带领全家避居阿城张家本家，即福昌号屯，9月初又与汪恩甲恢复了关系，来到了哈尔滨。换句话说，萧红离开福昌号屯根本就不是逃出来的。

第四，婚约之谜。实际上，以上的疑问很大程度取决于这个问题。从现有的资料看问题集中在萧红解除婚约的时间上。一种说法认为，在萧红与陆振舜离家，汪家即解除了婚约，之后汪恩甲为了报复才去寻找萧红。还有一种说法是，萧红第二次从北京回来，与汪恩甲准备完婚，可是曾为弟弟婚事牵线的汪恩厚却节外生枝了。他听说了萧红离家赴京的事，恼怒地要求弟弟汪恩甲立即退婚。面对如此尴尬的局面，不仅萧红异常气恼，张家也很难接受。于是萧红将代弟退婚的汪恩厚告上了法庭。开庭那天，除了萧红的两个同学到庭助威，萧父张廷举和几位亲属也在场。出人意料的是，在法庭上，汪恩甲为了顾全大哥的声誉，居然承认是自己要退婚的。汪恩甲的软弱行为激怒了萧红，也惹恼了张家，两人的关系就此陷入僵局。

显然，萧红与汪恩甲的故事被很多人或出于好意，或出于敌意，或出于官方意识给隐藏起来了，然而从萧红这篇《弃儿》中我们还是能推断出个大概，分辨出真伪。

萧红自己在文中并未说出具体的产子时间，但可以肯定是在松花江决堤期间，查档案得知洪水发生在1932年8月间，据此推测萧红的怀孕应该在1931年的10-11月间，也就是说她应该和汪恩甲在此期间有过接触，然而按照学者铁峰的考证萧红是从福昌号屯逃到哈尔滨后直接去找的汪恩甲，1932年3月间还逃离汪恩甲独自上京，最后两人闹翻才回哈尔滨并发现怀孕，之后二人一直居住在旅馆，直到被抛弃，显然让一个还有五个月就生产的女子独自去北京是极不合情理的，因此李洁吾的回忆大致可信。

另《萧红年表》中说萧红是从哈尔滨和汪恩甲一同回京的，这与李洁吾的回忆有出入，并且李洁吾的回忆中只说了他救萧红是从呼兰将其救出，并没有提到福昌号屯，据萧红的长辈回忆，萧红在"软禁"期间是断绝一切书信往来的，故此李洁吾的"五元"大钞也不可能落入萧红手中，如果萧红真的与汪恩甲一同回京，是根本不需要李洁吾的"五元"大钞的，因此《萧红年表》在此有误。

最后的婚约和软禁之谜，只需要弄清萧红与夫家打官司的时间即可解决，据可查资料，萧红状告汪恩厚是在1932年，另外，据学者铁峰考证，萧红逃出家后才去找的汪恩甲，而此时汪萧两家已经解除了婚约，显然这不符合萧红的性格，试想一个敢于将夫家告上法庭的姑娘，会因为一时无着而投奔抛弃自己的人吗，况且这里面也没有丝毫提到再次去北京的事，故所言有误。因此汪家提出解除婚约并非在萧红第一次去北京之后，而是第二次去北京之后。据此我们推断一下整个事情的过程：

萧红1931年1月随陆振舜返回哈尔滨，先是在哈尔滨流浪了一阵，后回呼兰被软禁在家中，这就是陆振舜给李洁吾写信求救的内容，随后李洁吾寄出"五元"，萧红于1931年2月再次来北京，汪恩甲紧随其后找到她的住处，碍于婚约和未尽的感情，于是萧红跟随其回到了哈尔滨，在回到家后两人应该是打算结婚的，可是没想到汪恩甲的大哥节外生枝，要求其弟退婚，这件事让萧红和张家很难接受，于是萧红将代弟退婚的汪恩厚告上了法庭，在法庭上汪恩甲承认自己要退婚的。汪恩甲的软弱行为激怒了萧红，也惹恼了张家，两人的关系就此陷入僵局。可想而知这样的退婚在当时来讲，是让张家饱受舆论和道德压力的，故此萧红被安置在福昌号屯的本家居住，直到1931年10月，汪恩甲再次找到萧红，如前文所述萧红在家人的帮助下于10月4日夜坐拉秋菜的车中返回（家人之所以帮助，正是因为有汪恩甲在其中），至此与汪恩甲回到哈尔滨，随后入住道外东兴旅馆，并怀孕，时间是1931年10–11月。

随后的故事人尽皆知，萧红曾短暂地恢复了学业，她到"东特女二中"去找堂妹张秀琴、张秀珉姊妹俩（二伯父之长、次女）。张秀琴与张秀珉将萧红留下，并取得学监的同意，让萧红在高一年级读书。但不久，她又不辞而别。因萧红发现自己已怀孕，所以又与汪恩甲回到东兴旅馆。至此，萧红和汪恩甲两人在旅馆生活了大约7个月，拖欠旅费400多元，直到1932年5月，汪恩甲要回家去取钱，结果是一去不归，至此音信全无（也是未解之谜），留下萧红一个人被扣为人质，在大水中产下一子，送人，之后萧红生命中最重要的男人出现了。

弃 儿

一

水就像远天一样，没有边际的漂漾着，一片片的日光在水面上浮动着。大人、小孩和包裹青绿颜色，安静的不慌忙的小船朝向同一的方向走去，一个接着一个……

一个肚子凸的馒头般的女人，独自的在窗口望着。她的眼睛就如块黑炭，不能发光，又暗淡，又无光，嘴张着，胳膊横在窗沿上，没有目的地望着。

有人打门，什么人将走进来呢？那脸色苍苍，好象盛满面粉的布袋一样，被人挪了进来的一个面影。这个人开始谈话了："你到是怎么样呢？才几个钟头水就涨得这样高，你不看见？一定得有条办法，太不成事了，七个月了，共欠了400块钱。王先生是不能回来的。男人不在，当然要向女人算账……现在一定不能再没有办法了。"正一正帽头，斗一斗衣袖，他的衣裳又像一条被倒空了的布袋，平板的，没有皱纹，只是眼眉往高处抬了抬。

女人带着她的肚子，同样地，脸上没有表情，嘴唇动了动："明天就有办法。"她望着店主脚在衣襟下迈着八字形的步子，鸭子样地走出屋门去。

她的肚子不像馒头，简直是小盆被扣在她肚皮上，虽是长衫怎样宽大，小盆还是分明地显露着。

倒在床上，她的肚子也被带到床上，望着棚顶，由马路间小河流水反照在水面，不定形地乱摇，又夹着从窗口不时冲进来嘈杂的声音。什么包袱落水啦！孩子掉下阴沟啦！接续的，连绵的，这种声音不断起来，这种声音对她似两堵南北不同方向立着的墙壁一样，中间没有连锁。

"我怎么办呢？没有家，没有朋友，我走向哪里去呢？只有一个新认识的人，他也是没有家呵！外面的水又这样大，那个狗东西又来要房费，我没有……"她似乎非想下去不可，像外边的大水一样，不可抑止地想："初来这里还是飞着雪的时候，现在是落雨的时候了。刚来这里肚子是平平的，现在却变得这样了……"她用手摸着肚子，仰望天棚的水影，被褥间汗油的气味，在发散着。

二

天黑了，旅馆的主人和客人都纷撬地提着箱子，拉着小孩走了。就是昨天早晨楼下为了避水而搬到楼上的人们，也都走了。骚乱的声音也跟随地走了。这里只是空空的楼房，一间挨着一间关着门，门里的帘子默默地静静地长长地垂着，从嵌着玻璃的地方透出来。只有楼下的一家小贩，一个旅馆的杂役和一个病了的妇人男人伴着她留在这里。满楼的窗子散乱乱地开张和关闭，地板上的尘土地毯似的摊着。这里荒凉得就如兵已开走的营垒，什么全是散散乱乱得可怜。

水的稀薄的气味在空中流荡，沉静的黄昏在空中流荡，不知谁家的小猪被丢在这里，在水中哭喊着绝望的来往的尖叫。水在它的身边一个连环跟着一个连环地转，猪被围在水的连环里，就如一头苍蝇或是一头蚊虫被绕入蜘蛛的网丝似的，越挣扎，越感觉网丝是无边际的大。小猪横卧在板排上，它只当遇了救，安静的，眼睛在放希望的光。猪眼睛流出希望的光和人们想吃猪肉的希望绞结在一起，形成了一条不可知的绳。

猪被运到那边的一家屋子里去。

黄昏慢慢的耗，耗向黑沉沉的像山谷，像壑沟一样的夜里去。两侧楼房高大空间就是峭壁，这里的水就是山涧。

依着窗口的女人，每日她烦得像数着发丝一般的心，现在都躲开她了，被这里的深山给吓跑了。方才眼望着小猪被运走的事，现在也不占着她的心了，只觉得背上有些阴冷。当她踏着地板的尘土走进单身房的时候，她的腿便是用两条木做的假腿，不然就是别人的腿强接在自己的身上，没有感觉，不方便。

整夜她都是听到街上的水流唱着胜利的歌。

三

每天在马路上乘着车的人们现在是改乘船了。马路变成小河，空气变成蓝色，而脆弱的洋车夫们往日他是拖着车，现在是拖船。他们流下的汗水不是同往日一样吗？带有咸脊和酸笨重的气味。

松花江决堤三天了，满街行走大船和小船，用箱子当船的也有，用板子当船的也有，许多救济船在嚷，手中摇摆黄色旗子。

住在二屋楼上那个女人，被只船载着经过几条狭窄的用楼房砌成河岸的小河，开始向无际限闪着金色光波的大海奔去。她呼吸着这无际限的空气，她第一次与室窗以外的太阳接触。江堤沉落到水底去了，沿路的小房将睡在水底，人们在房顶蹲着。小汽船江鹰般地飞来了，又飞过去了，留下排成蛇阵的弯弯曲曲的波浪在翻卷。那个女人的小船行近波浪，船沿和波浪相接触着摩擦着。船在浪中打转，全船的人脸上没有颜色的惊恐，她尖叫了一声，跳起来，想要离开这个漂荡的船，走上陆地去。但是陆地在哪里？

满船都坐着人，都坐着生疏的人。什么不生疏呢？她用两个惊恐、忧郁的眼睛，手指四张的手摸抚着突出来的自己的肚子。天空生疏，太阳生疏，水面吹来的风夹带水的气味，这种气味也生疏。只有自己的肚子接近，不辽远，但对自己又有什么用处呢？

那个波浪是过去了，她的手指还是四处张着，不能合拢——今夜将住在非家吗？为什么蓓力不来接我，走岔路了吗？假设方才翻倒过去不是什么全完了吗？也不用想这些了。

六七个月不到街面，她的眼睛缭乱，耳中的受音器也不服支配了，什么都不清楚。在她心里只感觉热闹。同时她也分明地考察对面驶来的每个船只，有没有来接她的蓓力，虽然她的眼睛是怎样缭乱。

她嘴张着，眼睛瞪着，远天和太阳辽阔的照耀。

四

一家楼梯间站着一个女人，屋里抱小孩的老婆婆猜问着：你是芹吗？

芹开始同主妇谈着话，坐在圈椅间，她冬天的棉鞋，显然被那个主妇看得清楚呢。主妇开始说："蓓力去伴你来不看见吗？那一定是走了岔路。"一条视线直迫着芹的全身而泻流过来，芹的全身每个细胞都在发汗，紧张、急躁，她暗恨自己为什么不迟来些，那就免得蓓力到那里连个影儿都不见，空虚地转了来。

芹到窗口吸些凉爽的空气，她破旧褴衫的襟角在缠着她的膝盖跳舞。当蓓力同芹登上细碎的月影在水池边绕着的时候，那已是当日的夜，公园里只有蚊虫嗡嗡地飞。他们相依着，前路似乎给蚊虫遮断了，冲穿蚊虫的阵，冲穿大树的林，经过两道桥梁，他们在亭子里坐下，影子相依在栏杆上。

高高的大树，树梢相结，像一个用纱制成的大伞，在遮着月亮。风吹来大伞摇摆，下面洒着细碎的月光，春天出游少女一般地疯狂呵！蓓力的心里和芹的心里都有一个同样的激动，并且这个激动又是同样的秘密。

五

芹住在旅馆孤独的心境，不知都被什么赶到什么地方了。就是蓓力昨夜整夜不睡的痛苦，也不知被什么赶到什么地方了？

他为了新识的爱人芹，痛苦了一夜，本想在决堤第二天就去接芹到非家来，他像一个破了的摇篮一样，什么也盛不住，衣袋里连一毛钱也没有。去当掉自己流着棉花的破被吗？哪里肯要呢？他开始把他最好的一件制服从床板底下拿出来，拍打着尘土。他想这回一定能当一元钱的，五角钱给她买吃的送去，剩下的五角伴她乘船出来用作船费，自己尽可不必坐船去，不是在太阳岛也学了几招游泳吗？现在真的有用了。

他腋挟着这件友人送给的旧制服，就如挟着珍珠似的，脸色兴奋。一家当铺的金字招牌，混杂着商店的招牌，饭馆的招牌。在这招牌的林里，他是认清哪一家是当铺了，他欢笑着，他的脸欢笑着。当铺门关了，人们嚷着正阳河开口了。回来倒在床上，床板硬得和一张石片。他恨自己了，昨天到芹那里去为什么把裤带子丢了。就是游泳着去，也不必把裤带子解下抛在路旁，为什么那样兴奋呢？蓓力心如此想，手就在腰间摸着新买的这条皮带。他把皮带抽下来，鞭打着自己。为什么要用去五角钱呢，只要有五角钱，用手提着裤子不也是可以把自己的爱人伴出来吗？整夜他都是在这块石片的床板上懊悔着。

六

一家饭馆的后房，他看着棚顶在飞的蝇群，壁间爬走的潮虫，他听着烧菜铁勺的声音，前房食堂间酒盅声，舞女们伴着舞衣摩擦声，门外叫化子乞讨声，像箭一般地，像天空繁星一般地，穿过嵌着玻璃的窗子一棵棵地刺进蓓力的心去。他眼睛放射红光，半点不躲避。安静的蓓力不声响地接受着。他懦弱吗？他不知痛苦吗？天空在闪烁的繁星，都晓得蓓力是怎么存心的。

就像两个从前线退回来的兵士，一离开前线，前线的炮火也跟着离开了，蓓力和芹只顾坐在大伞下听风声和树叶的叹息。

蓓力的眼睛实在不能睁开了。为了躲避芹的觉察还几次地给自己作着掩护，说起得早一点，眼睛有些发花。芹像明白蓓力的用意一样，芹又给蓓力作着掩护的掩护："那么我们回去睡觉吧。"

公园门前横着小水沟，跳过水沟来斜对的那条街，就是非家了。他们向非家走去。

七

地面上旅行的两条长长的影子，在浸渐的消泯。就像两条刚被主人收留下的野狗一样，只是吃饭和睡觉才回到主人家里，其余尽是在街头跑着蹲着。

蓓力同他新识的爱人芹，在友人家中已是一个星期过了。这一个星期无声无味地飞过去。街口覆放着一只小船，他们整天坐在船板上。公园也被水淹没了，实在无处可去，左右的街巷也被水淹没了，他们两颗相爱的心也像有水在追赶着似的。一天比一天接近感到拥挤了。两颗心膨胀着，也正和松花江一样，想寻个决堤的出口冲出去。这不是想只是需要。

一天跟着一天寻找，可是左右布的密阵地一天天的高，一天天的厚，两颗不得散步的心，只得在他们两个相合的手掌中狂跳着。

蓓力也不住在饭馆的后房了，同样是住在芹家，他和芹也同样地离着。每天早起，不是蓓力到内房去推醒芹，就是芹早些起来，偷偷地用手指接触着蓓力的脚趾。他的脚每天都是抬到藤椅的扶手上面，弯弯的伸着。蓓力是专为芹来接触而预备着这个姿势吗？还是藤椅短放不开他的腿呢？他的脚被捏得作痛醒转来，身子就是一条弯着腰的长虾，从藤椅间钻了出来，藤椅就像一只虾笼似的被蓓力丢在那里了。他用手揉擦着眼睛，什么什么都不清楚，两只鸭子形的小脚，伏在地板上，也像被惊醒的鸭子般的不知方向。鱼白的天色，从玻璃窗透进来，朦胧地在窗帘上惺忪着睡眼。

芹的肚子越胀越大了！由一个小盆变成一个大盆，由一个不活动的物件，变成一个活动的物件，她在床上睡不着，蚊虫在她的腿上走着玩，肚子里的物件在肚皮里走着玩，她简直变成个大马戏场了，什么全在这个场面上要起来。

下床去拖着那双瘦猫般的棉鞋，她到外房去，蓓力又照样地变作一条弯着腰的长虾，钻进虾笼去了。芹唤醒他，把腿给他看，芹腿上的小包都连成排了。若不是蚊虫咬的，一定会错认石阶上的苔藓，生在她的腿上了。蓓力用手抚摸着，眉头皱着，他又向她笑了笑，他的心是怎样的刺痛呵！芹全然不晓得这一个，以为蓓力是带着某种笑意向她煽动一样。她手指投过去，生在自己肚皮里的小物件也给忘掉了，只是示意一般的捏紧蓓力的脚趾，她心尽力的跳着。

内房里的英夫人拉着小荣到厨房去，小荣先看着这两个虾来了，大嚷着推给她妈妈看。英夫人的眼睛不知放出什么样的光，故意地问："你们两个用手捏住脚，这是东洋式的握手礼还是西洋式的握手礼？"

四岁的小荣姑娘也学起她妈妈的腔调，就像嘲笑而不似嘲笑的唱着："这是东洋式的还是西洋式的呢？

芹和蓓力的眼睛，都像老虎的眼睛在照耀着。

蓓力的眼睛不知为了什么变成金刚石的了！又发光，又坚硬。芹近几天尽看到这样的眼睛，他们整天地跑着，一直跑了十多天了！有时他们打了个招呼走过去，一个短小的影子消失了。

八

晚间当芹和英夫人坐在屋里的时候，英夫人摇着头，脸上表演着不统一的笑，尽量的把声音委婉，向芹不知说了些什么。大概是白天被非看到芹和蓓力在中央大街走的事情。

芹和蓓力照样在街上绕了一周，蓓力还是和每天一样要挽着她跑。芹不知为了什么两条腿不愿意活动，心又不耐烦！两星期前住在旅馆的心情又将萌动起来，她心上的烟雾刚退去不久又像给罩上了。她手玩弄着蓓力的衣扣，眼睛垂着，头低下去："我真不知这是什么意思，我们衣裳褴褛，就连在街上走的资格也没有了！"

蓓力不明白这话是对谁发的，他迟钝而又灵巧地问：

"怎么？"

芹在学话说："英说——你们不要在街上走去，在家里可以随便，街上的人太多，很不好看呢！人家讲究着很不好呢。你们不知道吗？在这街上我们认识许多朋友，谁都知道你们是住在我家的，假设你们若是不住在我家，好看与不好看，我都不管的。"芹在玩弄着衣扣。

蓓力的眼睛又在放射金刚石般的光，他的心就像被玩弄着的衣扣一样，在焦烦着。他把拳头捏得紧紧的，向着自己的头部打去。芹给他揉。蓓力的脸红了，他的心忏悔。

"富人穷人，穷人不许恋爱？"

方才他们心中的焦烦退去了，坐在街头的木凳上。她若感到凉，只有一个方法，她把头埋在蓓力上衣的前襟里。

公园被水淹没以后，只有一个红电灯在那个无人的地方自己燃烧。秋天的夜里，红灯在密结的树梢下面，树梢沉沉的，好象在静止的海上面发现了萤火虫似的，他们笑着，跳着，拍着手，每夜都是来向着这萤火虫在叫跳一回……

她现在不拍手了，只是按着肚子，蓓力把她扶回去。当上楼梯的时候，她的眼泪被抛在黑暗里。

九

非对芹和蓓力有点两样，上次英夫人的讲话，可以证明是非说的。

非搬走了，这里的房子留给他岳母住，被褥全拿走了。芹在土炕上，枕着包袱睡。在土炕上睡了仅仅两夜，她肚子疼得厉害。她卧在土炕上，蓓力也不上街了，他蹲在地板上，下颏枕炕沿，守着她。这是两个雏鸽，两个被折了巢窠的雏鸽。只有这两个鸽子才会互相了解，真的帮助，因为饥寒迫在他们身上是同样的分量。

芹肚子疼得更厉害了，在土炕上滚成个泥人了。蓓力没有戴帽子，跑下楼去，外边是落着阴冷的秋雨。两点钟过了蓓力不见回来，芹在土炕上继续自己滚的工作。外边的雨落得大了。三点钟也过了，蓓力还是不回来，芹只想撕破自己的肚子，外面的雨声她听不到了。

十

蓓力在小树下跑，雨在天空跑，铺着石头的路，雨的线在上面翻飞，雨就像要把石头压碎似的，石头又非反抗到底不可。穿过一条街，又一条街，穿过一片雨又一片雨，他衣袋里仍然是空着，被雨淋得他就和水鸡同样。

走进大门了，他的心飞上楼去，在抚慰着芹，这是谁也看不见的事。芹野兽疯狂般的尖叫声，从窗口射下来，经过成排的雨线，压倒雨的响声，却实实在在，牢牢固固，箭般地插在蓓力的心上了。

蓓力带着这只箭追上楼去，他以为芹是完了，是在发着最后的嘶叫。芹肚子疼得半昏了，她无知觉地拉住蓓力的手，她在土炕抓的泥土，和蓓力带的雨水相合。

蓓力的脸色惨白，他又把方才向非借的一元车钱送芹入医院的影子想了一遍："慢慢有办法，过几天，不忙。"他又想："这是朋友应该说的话吗？我明白了，我和非经济不平等，不能算是朋友。"

任是芹怎样嚎叫，他最终离开她下楼去，雨是淘天地落下来。

十一

芹肚子痛得不知人事，在土炕上滚得不成人样了，脸和白纸一个样，痛得稍轻些，她爬下地来，想喝一杯水。茶杯刚拿在手里，又痛得不能耐了，杯子摔在地板上。杯子碎了，那个黄脸大眼睛非的岳母跟着声响走进来，嘴里罗嗦着："也太不成样子了，我们这里倒不是开的旅馆，随便谁都住在这里。"

芹听不清谁在说话，把肚子压在炕上，要把小物件从肚皮挤出来，这种痛法简直是绞着肠子，她的肠子像被抽断一样。她流着汗，也流着泪。

十二

芹像鬼一个样，在马车上囚着，经过公园，经过公园的马戏场，走黑暗的途径。蓓力紧抱住她。现在她对蓓力只有厌烦，对于街上的每个行人都只有厌烦，她扯着头发，在蓓力的怀中挣扎。她恨不能一步飞到医院，但是，马却不愿意前进，在水中一劲打旋转。蓓力开始惊惶，他说话的声音和平时两样："这里的水特别深呵，走下阴沟去会危险。"他跳下水去，拉住马勒，在水里前进着。

芹十分无能地卧在车里，好象一个龃龉的包袱或是一个垃圾箱。一幅沉痛的悲壮的受压迫的人物映画在明月下，在秋光里，渲染得更加悲壮，更加沉痛了。

铁栏栅的门关着，门口没有电灯，黑森森的，大概医院是关了门了，蓓力前去打门，芹的心希望和失望在绞跳着。

十三

马车又把她载回来了，又经过公园，又经过马戏场，芹肚子痛得像轻了一点。他看到马戏场的大象，笨重地在玩着自己的鼻子，分明清晰的她又有心思向蓓力寻话说："你看见大象笨得多乖。"蓓力一天没得吃饭，现在他看芹像小孩子似的开着心，他心里又是笑又是气。

车回到原处了，蓓力尽他所有借到的五角钱给了车夫。蓓力就象疾风暴雨里的白菜一样，风雨过了，他又扶着芹踏上楼梯，他心里想着得一月后才到日子吗？那时候一定能想法借到十五元住院费。蓓力才想起来给芹把破被子铺在炕上。她倒在被上，手指在整着蓬乱的头发。蓓力要脱下湿透的鞋子，吻了她一下，到外房去了。

又有一阵呻吟声蓓力听到了，赶到内房去，蓓力第一条视线射到芹的身上，芹的脸已是惨白得和铅锅一样。他明白她的肚子不痛是心理作用，尽力相信方才医生谈的，再过一个月那也说不准。

十四

他不借，也不打算，他明白现代的一切事情惟有蛮横，用不到讲道理，所以第二次他把芹送到医院的时候，虽然他是没有住院费，芹结果是强住到医院里。

在三等产妇室，芹迷沉地睡了两天了，总是梦着马车在水里打转的事情。半夜醒来的时候，急得汗水染透了衾枕。她身体过于疲乏。精神也随之疲乏，对于什么事情都不大关心。对于蓓力，对于全世界的一切，全是一样，蓓力来时，坐在小凳上谈几句不关紧要的话。他一走，芹又合拢起眼睛来。

三天了，芹夜间不能睡着，奶子胀得硬，里面像盛满了什么似的，只听她嚷着奶子痛，但没听她询问过关于孩子的话。

产妇室里摆着五张大床，睡着三个产妇，那边空着五张小床。

看护妇给推过一个来，靠近挨着窗口的那个产妇，又一个挨近别一个产妇。她们听到推小床的声音，把头露出被子外面，脸上都带着同样的不可抑止、新奇的笑容，就好象看到自己的小娃娃在床里睡着的小脸一样。她们并不向看护妇问一句话，怕羞似的脸红着，只是默默地在预备热情，期待她们亲手造成的小动物与自己第一次见面。

第三个床看护妇推向芹的方向走来，芹的心开始跳动，就像个意外的消息传了来。手在摇动："不要！不……不要……我不要呀！"她的声音里母子之情就像一条不能折断的钢丝被她折断了，她满身在抖颤。

十五

满墙泻着秋夜的月光，夜深，人静，只是隔壁小孩子在哭着。

孩子生下来哭了五天了躺在冰凉的板床上，涨水后的蚊虫成群片地从气窗挤进来，在小孩的脸上身上爬行。他全身冰冰，他整天整夜的哭。冷吗？饿吗？生下来就没有妈妈的孩子谁去管她呢？

月光照了满墙，墙上闪着一个影子，影子抖颤着，芹挨下床去，脸伏在有月光的墙上——小宝宝，不要哭了妈妈不是来抱你吗？冻得这样冰呵，我可怜的孩子！

孩子咳嗽的声音，把芹伏在壁上的脸移动了，她跳上床去，她扯着自己的头发，用拳头痛打自己的头盖。真个自私的东西，成千成万的小孩在哭怎么就听不见呢？成千成万的小孩饿死了，怎么看不见呢？比小孩更有用的大人也都饿死了，自己也快饿死了，这都看不见，真是个自私的东西！

睡熟的芹在梦里又活动着，芹梦着蓓力到床边抱起她，就跑了，跳过墙壁，院费也没交，孩子也不要了。听说后来小孩给院长当了丫环，被院长打死了。孩子在隔壁还是哭着，哭得时间太长了，那孩子作呕，芹被惊醒，慌张地迷惑地赶下床去。她以为院长在杀害她的孩子，只见影子在壁上一闪，她昏倒了。秋天的夜在寂寞地流，每个房间泻着雪白的月光，墙壁这边地板上倒着妈妈的身体。那边的孩子在哭着妈妈，只隔一道墙壁，母子之情就永久相隔了。

十六

身穿白长衫三十多岁的女人，她黄脸上涂着白粉，粉下隐现黄黑的斑点，坐在芹的床沿。女人烦絮地向芹问些琐碎的话，别的产妇凄然地在静听。

芹一看见她们这种脸，就像针一样在突刺着自己的心。"请抱去吧，不要再说别的话了。"她把头用被蒙起，她再不能抑止，这是什么眼泪呢？在被里横流。

两个产妇受了感动似的也用手揉着眼睛，坐在床沿的女人说："谁的孩子，谁也舍不得，我不能做这母子两离的事。"女人的身子扭了一扭。

芹像被什么人要挟似的，把头上的被掀开，面上笑着，眼泪和笑容凝结的笑着："我舍得，小孩子没有用处，你把她抱去吧。"

小孩子在隔壁睡，一点都不知道，亲生他的妈妈把他给别人了。

那个女人站起来到隔壁去了，看护妇向那个女人在讲，一面流泪："小孩子生下来六天了，连妈妈的面都没得见、整天整夜地哭，喂他牛奶他不吃，他妈妈的奶胀得痛都挤扔了。唉，不知为什么，听说孩子的爸爸还很有钱呢！这个女人真怪，连有钱的丈夫都不愿嫁。"

那个女人同情着。看护妇说："这小脸多么冷清，真是个生下来就招人可怜的孩子。"小孩子被她们摸索醒了，他的面贴到别人的手掌，以为是妈妈的手掌，他撒怨地哭了起来。

过了半个钟头，小孩子将来的妈妈，挟着红包袱满脸欢喜地踏上医院的石阶。

包袱里的小被褥给孩子包好，经过穿道，经过产妇室的门前，经过产妇室的妈妈，小孩跟着生人走了，走下石阶了。

产妇室里的妈妈什么也没看见，只听见一阵噪杂的声音啊！

十七

当芹告诉蓓力孩子给人家抱去了的时候，她刚强的沉毅的眼睛把蓓力给征住了，他只是安定地听着："这回我们没有挂碍了，丢掉一个小孩是有多数小孩要获救的目的达到了，现在当前的问题就是住院费。"

蓓力握紧芹的手，他想——芹是个时代的女人，真想得开，一定是我将来忠实的伙伴！他的血在沸腾。

每天当蓓力走出医院时，庶务都是向他索院费，蓓力早就放下没有院费的决心了，所以他第二次又挟着那件制服到当铺去，预备芹出院的车钱。

他的制服早就被老鼠在床下给咬破了，现在就连这件可希望的制服，也没有希望了。

蓓力为了五角钱，开始奔波。

十八

芹住在医院快是三个星期了！同室的产妇，来一个住了个星期抱着小孩走了，现在仅留她一个人在产妇室里，院长不向她要院费了，只希望她出院好了。但是她出院没有车钱没有夹衣，最要紧的她没有钱租房子。

芹一个人住在产妇室里，整夜的幽静，只有她一个人享受窗上大树招摇细碎的月影，满墙走着，满地走着。她想起来母亲死去的时候，自己还是小孩子，睡在祖父的身旁，不也是看着夜里窗口的树影么？现在祖父走进坟墓去了，自己离家乡已三年了，时间一过什么事情都消灭了。

窗外的树风唱着幽静的曲子，芹听到隔院的鸡鸣声了。

十九

产妇们都是抱着小孩坐着汽车或是马车一个个出院了，现在芹也是出院了。她没有小孩也没有汽车，只有眼前的一条大街要她走，就像一片荒田要她开拔一样。

蓓力好象个助手似的在眼前引导着。

他们这一双影子，一双刚强的影子，又开始向人林里去迈进。

——1933.4.18

（原载于1933年5月6日至17日长春《大同报》

副刊《大同俱乐部》）

1932年秋，萧红生产时所住的哈尔滨市立医院产房旧址

1932

旅馆似乎是萧红一个挥之不去的噩梦，1932年5月，汪恩甲一去不返，萧红挺着6个月大的肚子困守东兴旅馆，由于所欠费用过多，旅馆停止饮食供应，天天向萧红索债，并扬言要把萧红卖给妓院抵债。

由于之前萧红曾在哈尔滨《国际协报》副刊发表过诗作，无奈之下向《国际协报》副刊编辑老斐（原名斐馨园）写信呼救，时间应该在7月9日左右，随即老斐与作者舒群去旅馆采访萧红，并召集一些经常给《国际协报》撰稿的几个作者研究如何救助萧红。

大概是7月12日傍晚，萧军受裴馨园的委托，带着裴馨园写的一张便条和为萧红借的两本书去旅馆看望萧红。"1932年夏季间，这时我正流浪在哈尔滨，为一家私人经营的报纸——《国际协报》——撰写一些零星小稿，借以维持起码的生活。同时也辅助该报副刊主编老斐——裴馨园——编一些儿童特刊之类。……我敲了两下门，没有动静，稍待片刻我又敲了两下，这时门扇忽然打开了，一个模糊的人影在门口中间直直地出现了。……她整身只穿了一件原来是蓝色如今显得褪了色的单长衫，'开气'有一边已裂开到膝盖以上了，小腿和脚是光赤着的，拖了一双变了型的女鞋；使我惊讶的是，她的散发中间已经有了明显的白发，在灯光下闪闪发亮，再就是她那怀有身孕的体形，看来不久就可

能到了临产期了。"（萧军《"侧面"第一章摘录"注释"》刊于1979年第5辑《新文学史料》）

随后松花江决堤，街道一片汪洋，店主和旅客纷纷逃走，萧军趁此机会把萧红用船搭救出来，安置在裴馨园家中，未几入哈尔滨市立医院生产。萧红在三等产妇室产下女婴。因无力抚养，拒绝母子见面和喂养，六天后送人。三星期后，无钱缴产费强行出院。出院后为裴妻所不容，由老裴支助五元住进欧罗巴旅馆。

哈尔滨欧罗巴旅馆旧影

欧罗巴旅馆

楼梯是那样长，好象让我顺着一条小道爬上天顶。其实只是三层楼，也实在无力了。手扶着楼栏，努力拔着两条颤颤的，不属于我的腿，升上几步，手也开始和腿一般颤。

等我走进那个房间的时候，和受辱的孩子似的偎上床去，用袖口慢慢擦着脸。他——郎华①，我的情人，那时候他还是我的情人，他问我了："你哭了吗？"

"为什么哭呢？我擦的是汗呀，不是眼泪呀！"

不知是几分钟过后，我才发现这个房间是如此的白，棚顶是斜坡的棚顶，除了一张床，地下有一张桌子，一张藤椅。离开床沿用不到两步可以摸到桌子和椅子。开门时，那更方便，一张门扇躺在床上可以打开。住在这白色的小室，我好象住在幔帐中一般。我口渴，我说："我应该喝一点水吧！"

他要为我倒水时，他非常着慌，两条眉毛好象要连接起来，在鼻子的上端扭动了好几下："怎样喝呢？用什么喝？"

桌子上除了一块洁白的桌布，干净得连灰尘都不存在。我有点昏迷，躺在床上听他和茶房在过道说了些时，又听到门响，他来到床边。我想他一定举着杯子在床边，却不，他的手两面却分张着：

"用什么喝？可以吧？用脸盆来喝吧！"

---

①萧军的其中一个笔名，另外有"三郎""田军"。

他去拿藤椅上放着才带来的脸盆时，毛巾下面刷牙缸被他发现，于是拿着刷牙缸走去。旅馆的过道是那样寂静，我听他踏着地板来了。正在喝着水，一只手指抵在白床单上，我用发颤的手指抚来抚去。他说："你躺下吧！太累了。"

我躺下也是用手指抚来抚去，床单有突起的花纹，并且白得有些闪我的眼睛，心想：不错的，自己正是没有床单。我心想的话他却说出了！

"我想我们是要睡空床板的，现在连枕头都有。"说着，他拍打我枕在头下的枕头。"咯咯——"有人打门，进来一个高大的俄国女茶房，身后又进来一个中国茶房："也租铺盖吗？"

"租的。"

"五角钱一天。"

"不租。""不租。"我也说不租，郎华也说不租。

那女人动手去收拾：软枕，床单，就连桌布她也从桌子扯下去。床单夹在她的腋下。一切都夹在她的腋下。一秒钟，这洁白的小室跟随她花色的包头巾一同消失去。我虽然是腿颤，虽然肚子饿得那样空，我也要站起来，打开柳条箱去拿自己的被子。小室被劫了一样，床上一张肿胀的草褥赤现在那里，破木桌一些黑点和白圈显露出来，大藤椅也好象跟着变了颜色。

晚饭以前，我们就在草褥上吻着抱着过的。晚饭就在桌子上摆着，黑"列巴"和白盐。晚饭以后，事件就开始了：

开门进来三四个人，黑衣裳，挂着枪，挂着刀。进来先拿住郎华的两臂，他正赤着胸腔在洗脸，两手还是湿着。他们那些人，把箱子弄开，翻扬了一阵："旅馆报告你带枪，没带吗？"那个挂刀的人问。随后那人在床下扒得了一个长纸卷，里面卷的是一支剑。

他打开，抖着剑柄的红穗头："你哪里来的这个？"

停在门口那个去报告的俄国管事，挥着手，急得涨红了脸。警察要带郎华到局子里去。他也预备跟他们去，嘴里不住地说："为什么单独用这种方式检查我？妨碍我？"

最后警察温和下来，他的两臂被放开，可是他忘记了穿衣裳，他湿水的手也干了。原因日间那白俄来取房钱，一日两元，一月六十元。我们只有五元钱。马车钱来时去掉五角。那白俄说："你的房钱，给！"他好象知道我们没有钱似的，他好象是很着忙，怕是我们跑走一样。他拿到手中两元票子又说："六十元一月，明天给！"原来包租一月三十元，为了松花江涨水才有这样的房价。如此，他摇手瞪眼地说："你的明天搬走，你的明天走！"

郎华说："不走，不走……"

"不走不行，我是经理。"

郎华从床下取出剑来，指着白俄："你快给我走开，不然，我宰了你。"

他慌张着跑出去了，去报告警察，说我们带着凶器，其实剑裹在纸里，那人以为是大枪，而不知是一支剑。结果警察带剑走了，他说："日本宪兵若是发现你有剑，那你非吃亏不可，了不得的，说你是大刀会。我替你寄存一夜，明天你来取。"

警察走了以后，闭了灯，锁上门，街灯的光亮从小窗口跑下来，凄凄淡淡的，我们睡了。在睡中不住想：警察是中国人，倒比日本宪兵强得多啊！

天明了，是第二天，从朋友处被逐出来是第二天了。

（原载于1936年7月1日《文学季刊》第1卷第2期）

欧罗巴旅馆

1932

在欧罗巴旅馆的这段日子非常艰苦，由于萧军不满裴妻和其岳母的敌意，遂决定不为《国际协报》副刊写稿，因此基本没有经济来源。经常一天也喝不上一顿稀粥。然而这又是一段让萧红和萧军"狂恋"的日子，充满了对生活的希望，为此萧红在《春曲》中写道："那边清溪唱着，／这边树叶绿了，／姑娘呵！／春天到了。"

此时，萧红的才华逐渐为萧军欣赏，萧军开始关心爱护萧红，正是在饥饿中，萧军鼓励萧红写作，使萧红找到了新的生活方向，据萧军说，萧红与他相识后写了一些情诗，由他拿到道外《东三省商报》和《哈尔滨公报》上刊出。因当时的报纸散佚，已很难查考。

雪 天

我直直是睡了一个整天，这使我不能再睡。小屋子渐渐从灰色变做黑色。

睡得背很痛，肩也很痛，并且也饿了。我下床开了灯，在床沿坐了坐，到椅子上坐了坐，扒一扒头发，揉擦两下眼睛，心中感到幽长和无底，好象把我放下一个煤洞去，并且没有灯笼，使我一个人走沉下去。屋子虽然小，在我觉得和一个荒凉的广场样，屋子墙壁离我比天还远，那是说一切不和我发生关系；那是说我的肚子太空了！

一切街车街声在小窗外闹着。可是三层楼的过道非常寂静。每走过一个人，我留意他的脚步声，那是非常响亮的，硬底皮鞋踏过去，女人的高跟鞋更响亮而且焦急，有时成群的响声，男男女女穿插着过了一阵。我听遍了过道上一切引诱我的声音，可是不用开门看，我知道郎华还没回来。

小窗那样高，囚犯住的屋子一般，我仰起头来，看见那一些纷飞的雪花从天空忙乱地跌落，有的也打在玻璃窗片上，即刻就消融了，变成水珠滚动爬行着，玻璃窗被它画成没有意义、无组织的条纹。

我想：雪花为什么要翾飞呢？多么没有意义！忽然我又想：我不也是和雪花一般没有意义吗？坐在椅子里，两手空着，什么也不做；口张着，可是什么也不吃。我十分和一架完全停止了的机器相像。

过道一响，我的心就非常跳，那该不是郎华的脚步？一种穿软底鞋的声音，嚓嚓来近门口，我仿佛是跳起来，我心害怕：他冻得可怜了吧？他没有带回面包来吧？

开门看时，茶房站在那里：

"包夜饭吗？"

"多少钱？"

"每份6角。包月15元。"

"……"我一点都不迟疑地摇着头，怕是他把饭送进来强迫我吃似的，怕他强迫向我要钱似的。茶房走出，门又严肃地关起来。一切别的房中的笑声，饭菜的香气都断绝了，就这样用一道门，我与人间隔离着。

一直到郎华回来，他的胶皮底鞋擦在门槛，我才止住幻想。茶房手上的托盘，盛着肉饼、炸黄的蕃薯、切成大片有弹力的面包……

郎华的夹衣上那样湿了，已湿的裤管拖着泥。鞋底通了孔，使得袜也湿了。

他上床暖一暖，脚伸在被子外面，我给他用一张破布擦着脚上冰凉的黑圈。

当他问我时，他和呆人一般，直直的腰也不弯：

"饿了吧？"

我几乎是哭了。我说："不饿。"为了低头，我的脸几乎接触到他冰凉的脚掌。

他的衣服完全湿透，所以我到马路旁去买馒头。就在光身的木桌上，刷牙缸冒着气，刷牙缸伴着我们把馒头吃完。馒头既然吃完，桌上的铜板也要被吃掉似的。他问我：

"够不够？"

我说："够了。"我问他："够不够？"

他也说："够了。"

隔壁的手风琴唱起来，它唱的是生活的痛苦吗？手风琴凄凄凉凉地唱呀！

登上桌子，把小窗打开。这小窗是通过人间的孔道：楼顶，烟囱，飞着雪沉重而浓黑的天空，路灯，警察，街车，小贩，乞丐，一切显现在这小孔道，繁繁忙忙的市街发着响。隔壁的手风琴在我们耳里不存在了。

（收入散文集《商市街》，上海文化生活出版社，

1936年8月初版）

1932年秋，萧莹、三郎摄于哈尔滨道里公园

饿

"列巴圈"①挂在过道别人的门上，过道好象还没有天明，可是电灯已经熄了。夜间遗留下来睡朦朦的气息充塞在过道，茶房气喘着，抹着地板。我不愿醒得太早，可是已经醒了，同时再不能睡去。

厕所房的电灯仍开着，和夜间一般昏黄，好象黎明还没有到来，可是"列巴圈"已经挂上别人家的门了！有的牛奶瓶也规规矩矩地等在别的房间外。只要一醒来，就可以随便吃喝。但，这都只限于别人，是别人的事，与自己无关。

扭开了灯，郎华睡在床上，他睡得很恬静，连呼吸也不震动空气一下。听一听过道连一个人也没走动。全旅馆的三层楼都在睡中，越这样静越引诱我，我的那种想头越坚决。过道尚没有一点声息，过道越静越引诱我，我的那种想头越想越充胀我：去拿吧！正是时候，即使是偷，那就偷吧！

轻轻扭动钥匙，门一点响动也没有。探头看了看，"列巴圈"对门就挂着，东隔壁也挂着，西隔壁也挂着。天快亮了！牛奶瓶的乳白色看得真真切切，"列巴圈"比每天也大了些，结果什么也没有去拿，我心里发烧，耳朵也热了一阵，立刻想到这是"偷"。儿时的记忆再现出来，偷梨吃的孩子最羞耻。过了好久，我就贴

---

① "列巴圈"是一种烤制的面包，口味是微甜的，刚出炉时外皮酥脆，内里较软，类似于面包圈，但面包圈儿是油炸的，而它却是烤的。

在已关好的门扇上，大概我象一个没有灵魂的、纸剪成的人贴在门扇。大概这样吧：街车唤醒了我，马蹄嗒嗒、车轮吱吱地响过去。我抱紧胸膛，把头也挂到胸口，向我自己心说：我饿呀！不是"偷"呀！

第二次也打开门，这次我决心了！偷就偷，虽然是几个"列巴圈"，我也偷，为着我"饿"，为着他"饿"。

第二次失败，那么不去做第三次了。下了最后的决心，爬上床，关了灯，推一推郎华，他没有醒，我怕他醒。在"偷"这一刻，郎华也是我的敌人；假若我有母亲，母亲也是敌人。

天亮了！人们醒了。做家庭教师，无钱吃饭也要去上课，并且要练武术。他喝了一杯茶走的，过道那些"列巴圈"早已不见，都让别人吃了。

从昨夜到中午，四肢软一点，肚子好象被踢打放了气的皮球。

窗子在墙壁中央，天窗似的，我从窗口升了出去，赤裸裸，完全和日光接近；市街临在我的脚下，直线的，错综着许多角度的楼房，大柱子一般工厂的烟囱，街道横顺交织着，秃光的街树。白云在天空作出各样的曲线，高空的风吹乱我的头发，飘荡我的衣襟。市街象一张繁繁杂杂颜色不清晰的地图，挂在我们眼前。楼顶和树梢都挂住一层稀薄的白霜，整个城市在阳光下闪闪烁烁撒了一层银片。我的衣襟被风拍着作响，我冷了，我孤孤独独的好象站在无人的山顶。每家楼顶的白霜，一刻不是银片了，而是些雪花、冰花，或是什么更严寒的东西在吸我，象全身浴在冰水里一般。

我披了棉被再出现到窗口，那不是全身，仅仅是头和胸突在窗口。一个女人站在一家药店门口讨钱，手下牵着孩子，衣襟裹着更小的孩子。药店没有人出来理她，过路人也不理她，都象说她有孩子不对，穷就不该有孩子，有也应该饿死。

我只能看到街路的半面，那女人大概向我的窗下走来，因为我听见那孩子的哭声很近。

"老爷，太太，可怜可怜……"可是看不见她在逐谁，虽然是三层楼，也听得这般清楚，她一定是跑得颠颠断断地呼喘："老爷老爷……可怜吧！"

那女人一定正象我，一定早饭还没有吃，也许昨晚的也没有吃。她在楼下急迫地来回的呼声传染了我，肚子立刻响起来，肠子不住地呼叫……

郎华仍不回来，我拿什么来喂肚子呢？桌子可以吃吗？草褥子可以吃吗？

晒着阳光的行人道，来往的行人，小贩乞丐……这一些看得我疲倦了！打着呵欠，从窗口爬下来。

窗子一关起来，立刻生满了霜，过一刻，玻璃片就流着眼泪了！起初是一条条的，后来就大哭了！满脸是泪，好象在行人道上讨饭的母亲的脸。

我坐在小屋，象饿在笼中的鸡一般，只想合起眼睛来静着，默着，但又不是睡。

"咯，咯！"这是谁在打门！我快去开门，是三年前旧学校里的图画先生。

他和从前一样很喜欢说笑话，没有改变，只是胖了一点，眼睛又小了一点。他随便说，说得很多。他的女儿，那个穿红花旗袍的小姑娘，又加了一件黑绒上衣，她在藤椅上，怪美丽的。但她有点不耐烦的样子："爸爸，我们走吧。"小姑娘哪里懂得人生！小姑娘只知道美，哪里懂得人生？

曹先生问："你一个住在这里吗？"

"是——"我当时不晓得为什么答应"是"，明明是和郎华同住，怎么要说自己住呢？

好象这几年并没有别开，我仍在那个学校读书一样。他说：

"还是一个人好，可以把整个的心身献给艺术。你现在不喜欢画，你喜欢文学，就把全心身献给文学。只有忠心于艺术的心才不空虚，只有艺术才是美，才是真美情爱。这话很难说，若是为了性欲才爱，那么就不如临时解决，随便可以找到一个，只要是异性。爱是爱，爱很不容易，那么就不如爱艺术，比较不空虚……"

"爸爸，走吧！"小姑娘哪里懂得人生，只知道"美"，她看一看这屋子一点意思也没有，床上只铺一张草褥子。

"是，走——"曹先生又说，眼睛指着女儿："你看我，十三岁就结了婚。这不是吗？曹云都十五岁啦！"

"爸爸，我们走吧！"

他和几年前一样，总爱说"十三岁"就结了婚。差不多全校同学都知道曹先生是十三岁结婚的。

"爸爸，我们走吧！"

他把一张票子丢在桌上就走了！那是我写信去要的。

郎华还没有回来，我应该立刻想到饿，但我完全被青春迷惑了，读书的时候，哪里懂得"饿"？只晓得青春最重要，虽然现在我也并没老，但总觉得青春是过去了！过去了！

我冥想了一个长时期，心浪和海水一般翻了一阵。

追逐实际吧！青春惟有自私的人才系念她，"只有饥寒，没有青春。"

几天没有去过的小饭馆，又坐在那里边吃喝了。"很累了吧！

腿可疼？道外道里要有十五里路。"我问他。

只要有得吃，他也很满足，我也很满足。其余什么都忘了！

那个饭馆，我已经习惯，还不等他坐下，我就抢个地方先坐下，我也把菜的名字记得很熟，什么辣椒白菜啦，雪里红豆腐啦……什么酱鱼啦！怎么叫酱鱼呢？哪里有鱼！用鱼骨头炒一点酱，借一点腥味就是啦！我很有把握，我简直都不用算一算就知道这些菜也超不过一角钱。因此我用很大的声音招呼，我不怕，我一点也不怕花钱。

回来没有睡觉之前，我们一面喝着开水，一面说：

"这回又饿不着了，又够吃些日子。"

闭了灯，又满足又安适地睡了一夜。

（原载于1935年6月1日《文学》第4卷第6号）

1932

长期的旅馆生活，让萧红两人的生活入不敷出，于是萧军事迫无奈就想到做家庭教师，以解决民生问题，于是他就登广告，说是无所不教。

"打过门，随后进来一个胖子，穿的绸大衫，他也说他来念书，这使我很诧异。他四五十岁的样子，又是个买卖人，怎么要念书呢？过了好些时候，他说要念庄子。白话文他说不用念，一看就明白，那不算学问。郎华该怎么办呢？郎华说："念庄子也可以。"那胖子又说，每一星期要做一篇文章，要请先生改。郎华说，也可以。郎华为了钱，为了一点点的学费，这都可以。

另一天早晨，又来一个年轻人，郎华不在家，他就坐在草褥上等着，他好象有肺病，一面看床上的旧报纸，一面问我："门外那张纸帖上写着教武术，每月五元，不能少点吗？""等一等再讲吧！"我说。

从家庭教师广告登出去，就有人到这里治病、念庄子，还有人要练"飞檐走壁"，问先生会不会"飞檐走壁"。（萧红《来客》）

他去追求职业

他是一匹受冻受饿的犬呀！

在楼梯尽端，在过道长筒的那边，他着湿的帽子被墙角隔住，他着湿的鞋子踏过发光的地板，一个一个排着脚踵的印泥。

这还是清早，过道的光线还不充足。可是有的房间门上已经挂好"列巴圈"了！送牛奶的人，轻轻带着白色的，发热的瓶子排在房间的门外。这非常引诱我，好象我已嗅到"列巴圈"的麦香，好象那成串肥胖的圆形的点心已经挂在我的鼻头上。几天没有饱食，我是怎样的需要啊！胃口在胸膛里面收缩，没有钱买，让那"列巴圈"们白白在虐待我。

过道渐渐响动起来。他们呼唤着茶房，关门开门，倒脸水。外国女人清早便高声说笑。可是我的小室，没有光线，连灰尘都看不见飞扬，静得桌子在墙角欲睡了，藤椅在地板上伴着桌子睡；静得棚顶和天空一般高，一切离得我远远，一切都厌烦我。

下午，郎华还不回来，我到过道口站了好几次，外国女人红色的裙子，蓝色的裙子……一张张笑着的骄傲的红嘴，走下楼梯，她们的高跟鞋打得楼梯清脆发响。圆胖而生着大胡子的男人那样不相称地捉着长耳环黑脸的和小鸡一般瘦小的"吉普赛"女人上楼来。茶房在前面去给打开一个房间。长时间以后又上来一群外国孩子，他们嘴上剥着瓜子，多冰的鞋底在过道上噼噼啪啪的留下痕迹过去了。

看遍了这一些人，郎华总是不回来，我开始打旋子，经过每个房间，轻轻荡来踱去，别人已当我是个偷儿，或是讨乞的老婆，但我自己并不感觉。仍是带着我苍白的脸，退了色的蓝布宽大的单衫踱荡着。

忽然楼梯口跑上两个一般高的外国姑娘。

"啊呀！"指点着向我说："你的……真好看！"

另一个样子像是为了我倒退了一步，并且那两个不住翻着衣襟给我看：

"你的……真好看！"

我没有理她们。心想：她们帽子上有水滴，不是又落雪？

跑回房间，看一看窗子究竟落雪不？郎华是穿着昨晚潮湿的衣裳走的。一开窗，雪花便满窗倒倾下来。

郎华回来，他的帽沿滴着水，我接过来帽子问他：

"外面上冻了吗？"

他把裤口摆给我看，我用手摸时，半段裤管又凉又硬。他抓住我在摸裤管的手说：

"小孩子，饿坏了吧！"

我说："不饿。"我怎能说饿呢！为了追求食物他的衣服都结冰了。

过一会，他拿出二十元票子给我看。忽然使我痴呆了一刻，这是那里来的呢？

（收入散文集《商市街》，上海文化生活出版社，

1936年8月初版）

哈尔滨东兴顺旅馆旧址
萧红就是从图中二楼左起第三个窗户的阳台上被救出

1932

萧军的这个家庭教师实在是事出无奈，按照葛浩文《萧红评传》中的记载："搬出裴家后，二萧先搬进一所白俄开的欧罗巴旅馆，萧军既不能煮字疗饥，而又要照应像小孩似的萧红。事迫无奈就想到做家庭教师，以解决民生问题，于是他就登广告，说是无所不教。不久他就找到一个家庭教师的工作，教一个十来岁的小孩剑术——那是多年来他在军中学到的一招。他的束修是每月20元加食宿。他俩就从旅店三楼的斗室，搬到商市街25号，汪姓学生家中寄住，一直住到离开哈尔滨。"

据查，萧军供职的这个汪姓人家，是哈尔滨铁路局庶务科科长。萧军早上教汪的独子练剑，晚上教他语文，每月学费20元；萧军住汪的房子，每月房租20元，两下抵消；也就是说，萧军教汪的独子，汪家不给萧军学费，萧军白住他的房子。

家庭教师

　　二十元票子，使他作了家庭教师。

　　这是第一天，他起得很早，并且脸上也象愉悦了些。我欢喜地跑到过道去倒脸水。心中埋藏不住这些愉快，使我一面折着被子，一面嘴里任意唱着什么歌的句子。而后坐到床沿，两腿轻轻地跳动，单衫的衣角在腿下抖荡。我又跑出门外，看了几次那个提篮卖面包的人，我想他应该吃些点心吧，八点钟他要去教书，天寒，衣单，又空着肚子，那是不行的。

　　但是还不见那提着膨胀的篮子的人来到过道。

　　郎华作了家庭教师，大概他自己想也应该吃了。当我下楼时，他就自己在买，长形的大提篮已经摆在我们房间的门口。他仿佛是一个大蝎虎样，贪婪地，为着他的食欲，从篮子里往外捉取着面包、圆形的点心和"列巴圈"，他强健的两臂，好象要把整个篮子抱到房间里才能满足。最后他会过钱，下了最大的决心，舍弃了篮子，跑回房中来吃。

　　还不到八点钟，他就走了。九点钟刚过，他就回来。下午太阳快落时，他又去一次，一个钟头又回来。他已经慌慌忙忙象是生活有了意义似的。当他回来时，他带回一个小包袱，他说那是才从当铺取出的从前他当过的两件衣裳。他很有兴致地把一件夹袍从包袱里解出来，还一件小毛衣。

　　"你穿我的夹袍，我穿毛衣，"他吩咐着。

于是两个人各自赶快穿上。他的毛衣很合适。唯有我穿着他的夹袍，两只脚使我自己看不见，手被袖口吞没去，宽大的袖口，使我忽然感到我的肩膀一边挂好一个口袋，就是这样，我觉得很合适，很满足。

电灯照耀着满城市的人家。钞票带在我的衣袋里，就这样，两个人理直气壮地走在街上，穿过电车道，穿过扰嚷着的那条破街。

一扇破碎的玻璃门，上面封了纸片，郎华拉开它，并且回头向我说："很好的小饭馆，洋车夫和一切工人全都在这里吃饭。"

我跟着进去。里面摆着三张大桌子。我有点看不惯，好几部分食客都挤在一张桌上。屋子几乎要转不过来身。我想，让我坐在哪里呢？三张桌子都是满满的人。我在袖口外面捏了一下郎华的手说："一张空桌也没有，怎么吃？"

他说："在这里吃饭是随随便便的，有空就坐。"他比我自然得多，接着，他把帽子挂到墙壁上。堂倌走来，用他拿在手中已经擦满油腻的布巾抹了一下桌角，同时向旁边正在吃的那个人说："借光，借光。"

就这样，郎华坐在长板凳上那个人剩下来的一头。至于我呢，堂倌把掌柜独坐的那个圆板凳搬来，占据着大桌子的一头。我们好象存在也可以，不存在也可以似的。不一会，小小的菜碟摆上来。我看到一个小圆木砧上堆着煮熟的肉，郎华跑过去，向着木砧说了一声："切半角钱的猪头肉。"

那个人把刀在围裙上，在那块脏布上抹了一下，熟练地挥动着刀在切肉。我想：他怎么知道那叫猪头肉呢？很快地我吃到猪头肉了。后来我又看见火炉上煮着一个大锅，我想要知道这锅里到底盛的是什么，然而当时我不敢，不好意思站起来满屋摆荡。

"你去看看吧。"

"那没有什么好吃的。"郎华一面去看，一面说。

正相反，锅虽然满挂着油腻，里面却是肉丸子。掌柜连忙说："来一碗吧？"

我们没有立刻回答。掌柜又连忙说："味道很好哩。"

我们怕的倒不是味道好不好，既然是肉的，一定要多花钱吧！我们面前摆了五六个小碟子，觉得菜已经够了。他看看我，我看看他。

"这么多菜，还是不要肉丸子吧，"我说。

"肉丸还带汤。"我看他说这话，是愿意了，那么吃吧。一决心，肉丸子就端上来。

破玻璃门边，来来往往有人进出，戴破皮帽子的，穿破皮袄的，还有满身红绿的油匠，长胡子的老油匠，十二三岁尖嗓子的小油匠。

脚下有点潮湿得难过了。可是门仍不住地开关，人们仍是来来往往。一个岁数大一点的妇人，抱着孩子在门外乞讨，仅仅在人们开门时她说一声："可怜可怜吧！给小孩点吃的吧！"然而她从不动手推门。后来大概她等到时间太长了，就跟着人们进来，停在门口，她还不敢把门关上，表示出她一得到什么东西很快就走的样子。忽然全屋充满了冷空气。郎华拿馒头正要给她，掌柜的摆着手："多得很，给不得。"

靠门的那个食客强关了门，已经把她赶出去了，并且说：

"真她妈的，冷死人，开着门还行！"

不知哪一个发了这一声："她是个老婆子，你把她推出去。若是个大姑娘，不抱住她，你也得多看她两眼。"

全屋人差不多都笑了，我却听不惯这话，我非常恼怒。

郎华为着猪头肉喝了一小壶酒，我也帮着喝。同桌的那个人只吃咸菜，喝稀饭，他结账时还不到一角钱。接着我们也结账：小菜每碟二分，五碟小菜，半角钱猪头肉，半角钱烧酒，丸子汤八分，外加八个大馒头。

走出饭馆，使人吃惊，冷空气立刻裹紧全身，高空闪烁着繁星。我们奔向有电车经过叮叮响的那条街口。

"吃饱没有？"他问。

"饱了，"我答。

经过街口卖零食的小亭子，我买了两纸包糖，我一块，他一块，一面上楼，一面吮着糖的滋味。

"你真象个大口袋，"他吃饱了以后才向我说。

同时我打量着他，也非常象样。在楼下大镜子前面，两个人照了好久。他的帽子仅仅扣住前额，后脑勺被忘记似的，离得帽子老远老远的独立着。很大的头，顶个小卷沿帽，最不相宜的就是这个小卷沿帽，在头顶上看起来十分不牢固，好象乌鸦落在房顶，有随时飞走的可能。别人送给他的那身学生服短而且宽。

走进房间，象两个大孩子似的，互相比着舌头，他吃的是红色的糖块，所以是红舌头，我是绿舌头。比完舌头之后，他忧愁起来，指甲在桌面上不住地敲响。

"你看，我当家庭教师有多么不带劲！来来往往冻得和个小叫花子似的。"

当他说话时，在桌上敲着的那只手的袖口，已是破了，拖着线条。我想破了倒不要紧，可是冷怎么受呢？

长久的时间静默着，灯光照在两人脸上，也不跳动一下，我说要给他缝缝袖口，明天要买针线。说到袖口，他警觉一般看一下袖口，脸上立刻浮现着幻想，并且嘴唇微微张开，不太自然似的，又不说什么。

关了灯，月光照在窗外，反映得全室微白。两人扯着一张被子，头下破书当做枕头。隔壁手风琴又咿咿呀呀地在诉说生之苦乐。乐器伴着他，他慢慢打开他幽禁的心灵了：

"敏子，……这是敏子姑娘给我缝的。可是过去了，过去了就没有什么意义。我对你说过，那时候我疯狂了。直到最末一次信来，才算结束，结束就是说从那时起她不再给我来信了。这样意外的，相信也不能相信的事情，弄得我昏迷了许多日子……以前许多信都是写着爱我……甚至于说非爱我不可。最末一次信却骂起我来，直到现在我还不相信，可是事实是那样……"

他起来去拿毛衣给我看，"你看过桃色的线……是她缝的……敏子缝的……"

又灭了灯，隔壁的手风琴仍不停止。在说话里边他叫那个名字"敏子，敏子。"都是喉头发着水声。

"很好看的，小眼眉很黑……嘴唇很……很红啊！"说到恰好的时候，在被子里边他紧紧捏了我一下手。我想：我又不是她。

"嘴唇通红通红……啊……"他仍说下去。

马蹄打在街石上嗒嗒响声。每个院落在想象中也都睡去。

（原载上海《中学生》第62号）

1932

民国11年11月间，萧军在一汪姓人家找到了一份家庭教师的差事，主要的工作就是教其独子武术和语文。汪家让萧军和萧红住在他家院内一处空房子内（即商市街25号）。

关于萧军教习武术这件事，有必要说明一下：萧军在遇见萧红前的生活状况像谜一般，甚至姓甚名谁，何许人氏也一直是个谜团，现有葛浩文译的《萧军自传》可做一点参考，按文中所说，萧军祖父为典型的农民，可是他的父亲和三个叔叔都参加过"抗日义勇军"，为此所有家当均被"满洲国"当局没收了。

"我没受过多少正规教育，每间我所念过的学校，最后都开除了我，总共算起来我只不过念了六七年书。1925年我开始吃粮当兵，差不多当了六年。我先后在骑兵、步兵、宪兵、炮兵中都混过，也进过讲武堂，后来竟当上了一名小官。1931年我加入了抗日义勇军，但没过多久，我在满洲的某城市（哈尔滨）开始了写作生涯。"

这样的描述多少都让人感到惊奇和疑惑，这简直就是一份海明威的标准简历，然而萧军的武术和文学功底确实能让他找到这样一份工作。

搬　家

搬家！什么叫搬家？移了一个窝就是罢！

一辆马车，载了两个人，一个条箱，行李也在条箱里。车行在街口了，街车，行人道上的行人，店铺大玻璃窗里的“模特儿”……汽车驰过去了，别人的马车赶过我们急跑，马车上面似乎坐着一对情人，女人的卷发在帽沿外跳舞，男人的长臂没有什么用处一般，只为着一种表示，才遮住女人的背后。马车驰过去了，那一定是一对情人在兜风……只有我们是搬家。天空有水状的和雪融化春冰状的白云，我仰望着白云，风从我的耳边吹过，使我的耳朵鸣响。

到了：商市街××号。

他夹着条箱，我端着脸盆，通过很长的院子，在尽那头，第一下拉开门的是郎华，他说：“进去吧！”

“家”就这样的搬来，这就是“家”。

一个男孩，穿着一双很大的马靴，跑着跳着喊：“妈……我老师搬来啦！”

这就是他教武术的徒弟。

借来的那张铁床，从门也抬不进来，从窗也抬不进来。抬不进来，真的就要睡地板吗？光着身子睡吗？铺什么？

“老师，用斧子打吧。”穿长靴的孩子去找到一柄斧子。

铁床已经站起，塞在门口，正是想抬出去也不能够的时候，

搬
家
115

郎华就用斧子打，铁击打着铁发出震鸣，门顶的玻璃碎了两块，结果床搬进来了，光身子放在地板中央。又向房东借一张桌子和两把椅子。

郎华走了，说他去买水桶、菜刀、饭碗……

我的肚子因为冷，也许因为累，又在作痛。走到厨房去看，炉中的火熄了。未搬之前，也许什么人在烤火，所以炉中尚有木杵在燃。

铁床露着骨，玻璃窗渐渐结上冰来。下午了，阳光失去了暖力，风渐渐卷着沙泥来吹打窗子……用冷水擦着地板，擦着窗台……等到这一切做完，再没有别的事可做的时候，我感到手有点痛，脚也有点痛。

这里不象旅馆那样静，有狗叫，有鸡鸣……有人吵嚷。

把手放在铁炉板上也不能暖了，炉中连一颗火星也灭掉。肚子痛，要上床去躺一躺，哪里是床！冰一样的铁条，怎么敢去接近！

我饿了，冷了，我肚痛，郎华还不回来，有多么不耐烦！连一只表也没有，连时间也不知道。多么无趣，多么寂寞的家呀！我好象落下井的鸭子一般寂寞而且隔绝。肚痛，寒冷和饥饿伴着我，……什么家？简直是夜的广场，没有阳光，没有暖。

门扇大声哐啷哐啷地响，是郎华回来，他打开小水桶的盖给我看：小刀、筷子、碗、水壶，他把这些都摆出来，纸包里的白米也倒出来。

只要他在我身旁，饿也不难忍了，肚痛也轻了。买回来的草褥放在门外，我还不知道，我问他：

"是买的吗？"

"不是买的，是哪里来的！"

"钱，还剩多少？"

"还剩！怕是不够哩！"

等他买木柈回来，我就开始点火。站在火炉边，居然也和小主妇一样调着晚餐。油菜烧焦了，白米饭是半生就吃了，说它是粥，比粥还硬一点；说它是饭，比饭还粘一点。这是说我做了"妇人"，不做妇人，哪里会烧饭？不做妇人，哪里懂得烧饭？

晚上，房主人来时，大概是取着拜访先生的意义来的！房主人就是穿马靴那个孩子的父亲。

"我三姐来啦！"过一刻，那孩子又打门。

我一点也不能认识她。她说她在学校时每天差不多都看见我，不管在操场或是礼堂。我的名字她还记得很熟。

"也不过三年，就忘得这样厉害……你在哪一班？"我问。

"第九班。"

"第九班，和郭小娴一班吗？郭小娴每天打球，我倒认识她。"

"对啦，我也打篮球。"

但无论如何我也想不起来，坐在我对面的简直是一个从未见过的面孔。

"那个时候，你十几岁呢？"

"十五岁吧！"

"你太小啊，学校是多半不注意小同学的。"我想了一下，我笑了。

她卷皱的头发，挂胭脂的嘴，比我好象还大一点，因为回忆完全把我带回往昔的境地去。其实，我是二十二了，比起她来怕是已经老了。尤其是在蜡烛光里，假若有镜子让我照下，我一定惨败得比三十岁更老。

"三姐！你老师来啦。"

"我去学俄文。"她弟弟在外边一叫她，她就站起来说。

很爽快，完全是少女风度，长身材，细腰，闪出门去。

（原载上海《太白》第1卷第12期）

度 日

天色连日阴沉下去，一点光也没有，完全灰色，灰得怎样程度呢？那和墨汁混到水盆中一样。

火炉台擦得很亮了，碗、筷子、小刀摆在格子上。清早起第一件事点起火炉来，而后擦地板，起床。

炉铁板烧得很热时，我便站到火炉旁烧饭，刀子、匙子弄得很响。炉火在炉腔里起着小的爆炸，饭锅腾着气，葱花炸到油里，发出很香的烹调的气味。我细看葱花在油边滚着，渐渐变黄起来。……小洋刀好象剥着梨皮一样，把土豆刮得很白，很好看，去了皮的土豆呈乳黄色，柔和而有弹力。炉台上铺好一张纸，把土豆再切成薄片。饭已熟，土豆煎好。打开小窗望了望，院心几条小狗在戏耍。

家庭教师还没有下课，菜和米香引我回到炉前再吃两口，用匙子调一下饭，再调一下菜，很忙的样子象在偷吃。在地板上走了又走，一个钟头的课程还不到吗？于是再打开锅盖吞下几口。再从小窗望一望。我快要吃饱的时候，他才回来。习惯上知道一定是他，他都是在院心大声弄着嗓子响。我藏在门后等他，有时候我不等他寻到，就作着怪声跳出来。

早饭吃完以后，就是洗碗，刷锅，擦炉台，摆好木格子。假如有表，怕是11点还多了！

再过三四个钟头，又是烧晚饭。他出去找职业，我在家里烧饭，我在家里等他。火炉台，我开始围着它转走起来。每天吃饭，睡觉，愁柴，愁米……

　　这一切给我一个印象：这不是孩子时候了，是在过日子，开始过日子。

（收入散文集《商市街》，上海文化生活出版社，

1936年8月初版）

飞 雪

是晚间，正在吃饭的时候，管门人来告诉：

"外面有人找。"

踏着雪，看到铁栅栏外我不认识的一个人，他说他是来找武术教师。那么这人就跟我来到房中，在门口他找擦鞋的东西，可是没有预备那样完备。表示着很对不住的样子，他怕是地板会弄脏的。厨房没有灯，经过厨房时，那人为了脚下的雪差不多没有跌倒。

一个钟头过去了吧！我们的面条在碗中完全凉透，他还没有走，可是他也不说"武术"究竟是学不学，只是在那里用手帕擦一擦嘴，揉一揉眼睛，他是要睡着了！我一面用筷子调一调快凝住的面条，一面看他把外衣的领子轻轻地竖起来，我想这回他一定是要走。然而没有走，或者是他的耳朵怕受冻，用皮领来取一下暖，其实，无论如何在屋里也不会冻耳朵，那么他是想坐在椅子上睡觉吗？这里是睡觉的地方？

结果他也没有说"武术"是学不学，临走时他才说：

"想一想……想一想……"

常常有人跑到这里来想一想，也有人第二次他再来想一想。立刻就决定的人一个也没有，或者是学或者是不学。看样子当面说不学，怕人不好意思，说学，又觉得学费不能再少一点吗？总希望武术教师把学费自动减少一点。

我吃饭时很不安定，替他挑碗面，替自己挑碗面，一会又剪一剪灯花，不然蜡烛颤嗦得使人很不安。

两个人一句话也不说，对着蜡烛吃着冷面。雪落得很大了！出去倒脏水回来，头发就是湿的。从门口望出去，借了灯光，大雪白茫茫，一刻就要倾满人间似的。

郎华披起才借来的夹外衣，到对面的屋子教武术。他的两只空袖口没进大雪片中去了。我听他开着对面那房子的门。那间客厅光亮起来。我向着窗子，雪片翻飞倒倾忙着，寂寞并且严肃的夜，围临着我，终于起着咳嗽关了小窗。找到一本书，读不上几页，又打开小窗，雪大了呢？还是小了？人在无聊的时候，风雨，总之一切天象会引起注意来。雪飞得更忙迫，雪片和雪片交织在一起。

很响的鞋底打着大门过道，走在天井里，鞋底就减轻了声音。我知道是汪林回来了。那个旧日的同学，我没能看见她穿的是中国衣裳或是外国衣裳，她停在门外的木阶上在按铃。小使女，也就是小丫环开了门，一面问：

"谁？谁？"

"是我，你还听不出来！谁！谁！"她有点不耐烦，小姐们有了青春更骄傲，可是做丫环的一点也不知道这个。假若不是落雪，一定能看到那女孩是怎样无知的把头缩回去。

又去读读书。又来看看雪，读了很多页了，但什么意思呢？我也不知道。因为我心里只记得：落大雪，天就转寒。那么从此我不能出屋了吧？郎华没有皮帽，他的衣裳没有皮领，耳朵一定要冻伤的吧？

在屋里，只要火炉生着火，我就站在炉边，或者更冷的时候，我还能坐到铁炉板上去把自己煎一煎。若没有木柈，我就披着被坐在床上，一天不离床，一夜不离床，但到外边可怎么能去呢？披着被上街吗？那还可以吗？

我把两只脚伸到炉腔里去，两腿伸得笔直，就这样在椅子上对着门看书；哪里看书，假看，无心看。

郎华一进门就说："你在烤火腿吗？"

我问他："雪大小？"

"你看这衣裳！"他用面巾打着外套。

雪，带给我不安，带给我恐怖，带给我终夜各种不舒适的梦……一大群小猪沉下雪坑去……麻雀冻死在电线上，麻雀虽然死了，仍挂在电线上。行人在旷野白色的大树里，一排一排地僵直着，还有一些把四肢都冻丢了。

这样的梦以后，但总不能知道这是梦，渐渐明白些时，才紧抱住郎华，但总不能相信这不是真事。我说：

"为什么要做这样的梦？照迷信来说，这可不知怎样？"

"真糊涂，一切要用科学方法来解释，你觉得这梦是一种心理，心理是从哪里来的？是物质的反映。你摸摸你这肩膀，冻得这样凉，你觉到肩膀冷，所以，你做那样的梦！"很快地他又睡去。留下我觉得风从棚顶，从床底都会吹来，冻鼻头，又冻耳朵。

夜间，大雪又不知落得怎样了！早晨起来，一定会推不开门吧！记得爷爷说过：大雪的年头，小孩站在雪里露不出头顶……风不住扫打窗子，狗在房后哽哽地叫……

从冻又想到饿，明天没有米了。

（收入散文集《商市街》，上海文化生活出版社，

1936年8月初版）

飞
雪

三郎、廼莹1933年夏摄于哈尔滨商市街25号住处门前

1932

他的上唇挂霜了

他夜夜出去在寒月的清光下，到五里路远一条僻街上去教两个人读国文课本。这是新找到的职业，不能说是职业，只能说新找到十五元钱。

秃着耳朵，夹外套的领子还不能遮住下巴，就这样夜夜出去，一夜比一夜冷了！听得见人们踏着雪地的响声也更大。

他带着雪花回来，裤子下口全是白色，鞋也被雪浸了一半。

"又下雪吗？"

他一直没有回答，象是同我生气。把袜子脱下来，雪积满他的袜口，我拿他的袜子在门扇上打着，只有一小部分雪星是震落下来，袜子的大部分全是潮湿了的。等我在火炉上烘袜子的时候，一种很难忍的气味满屋散布着。

"明天早晨晚些吃饭，南岗有一个要学武术的。等我回来吃。"他说这话，完全没有声色，把声音弄得很低很低……或者他想要严肃一点，也或者他把这事故意看做平凡的事。总之，我不能猜到了！

他赤了脚。穿上"傻鞋"，去到对门上武术课。

"你等一等，袜子就要烘干的。"

"我不穿。""怎么不穿，汪家有小姐的。"

"有小姐，管什么？"

"不是不好看吗？"

他的上唇挂霜了

125

"什么好看不好看！"他光着脚去，也不怕小姐们看，汪家有两个很漂亮的小姐。

他很忙，早晨起来，就跑到南岗去，吃过饭，又要给他的小徒弟上国文课。一切忙完了，又跑出去借钱。晚饭后，又是教武术，又是去教中学课本。

夜间，他睡觉醒也不醒转来，我感到非常孤独了！白昼使我对着一些家俱默坐，我虽生着嘴，也不言语；我虽生着腿，也不能走动；我虽生着手，而也没有什么做，和一个废人一般，有多么寂寞！连视线都被墙壁截止住，连看一看窗前的麻雀也不能够，什么也不能够，玻璃生满厚的和绒毛一般的霜雪。这就是"家"，没有阳光，没有暖，没有声，没有色，寂寞的家，穷的家，不生毛草荒凉的广场。

我站在小过道窗口等郎华，我的肚子很饿。

铁门扇响了一下，我的神经便要震荡一下，铁门响了无数次，来来往往都是和我无关的人。汪林她很大的皮领子和她很响的高跟鞋相配称，她摇摇晃晃，满满足足，她的肚子想来很饱很饱，向我笑了笑，滑稽的样子用手指点我一下：

"啊！又在等你的郎华……"她快走到门前的木阶，还说着："他出去，你天天等他，真是怪好的一对！"

她的声音在冷空气里来得很脆，也许是少女们特有的喉咙。对于她，我立刻把她忘记，也许原来就没把她看见，没把她听见。假若我是个男人，怕是也只有这样。肚子响叫起来。

汪家厨房传出来炒酱的气味，隔得远我也会嗅到，他家吃炸酱面吧！炒酱的铁勺子一响，都象说：炸酱，炸酱面……

在过道站着，脚冻得很痛，鼻子流着鼻涕。我回到屋里，关好二层门，不知是想什么，默坐了好久。

汪林的二姐到冷屋去取食物，我去倒脏水见她，平日不很说话，很生疏，今天她却说：

"没去看电影吗？这个片子不错，胡蝶主演。"她蓝色的大耳环永远吊荡着不能停止。

"没去看。"我的袍子冷透骨了！

"这个片很好，煞尾是结了婚，看这片子的人都猜想，假若演下去，那是怎么美满的……"

她热心地来到门缝边，在门缝我也看到她大长的耳环在摆动。

"进来玩玩吧！"

"不进去，要吃饭啦！"

郎华回来了，他的上唇挂霜了！汪二小姐走得很远时，她的耳环和她的话声仍震荡着："和你度蜜月的人回来啦，他来了。"

好寂寞的，好荒凉的家呀！他从口袋取出烧饼来给我吃。他又走了，说有一家招请电影广告员，他要去试。

"什么时候回来？什么时候回来？"我追赶到门外问他，好象很久捉不到的鸟儿，捉到又飞了！失望和寂寞，虽然吃着烧饼，也好象饿倒下来。

小姐们的耳环，对比着郎华的上唇挂着的霜。对门居着，他家的女儿看电影，戴耳环；我家呢？我家……

（收入散文集《商市街》，上海文化生活出版社，
1936年8月初版）

他的上唇挂霜了

1933年冬，萧红与友人在哈尔滨。左起：梁山丁、罗烽、萧军、萧红

广告员的梦想①

有一个朋友到一家电影院去画广告，月薪四十元。画广告留给我一个很深的印象，我一面烧早饭一面看报，又有某个电影院招请广告员被我看到，立刻我动心了：我也可以吧？

从前在学校时不也学过画吗？但不知月薪多少。

郎华回来吃饭，我对他说，他很不愿意作这事。他说：

"尽骗人。昨天别的报上登着一段招聘家庭教师的广告，我去接洽，其实去的人太多，招一个人，就要去十个，二十个……"

"去看看怕什么？不成，完事。"

"我不去。"

"你不去，我去。"

"你自己去？"

"我自己去！"

第二天早晨，我又留心那块广告，这回更能满足我的欲望。那文告又改登一次，月薪四十元，明明白白的是四十元。

"看一看去。不然，等着职业，职业会来吗？"我又向他说。

"要去，吃了饭就去，我还有别的事。"这次，他不很坚决了。

走在街上，遇到他一个朋友。

"到哪里去？"

---

① 萧红曾企图独立谋生，以减轻萧军的经济压力，她到电影院去帮助金剑啸画广告，只干了一晚上就被辞退。此文正是这段经历的再现。

"接洽广告员的事情。"

"就是《国际协报》登的吗？"

"是的。"

"四十元啊！"这四十元他也注意到。

十字街商店高悬的大表还不到十一点钟，十二点才开始接洽。已经寻找得好疲乏了，已经不耐烦了，代替接洽的那个"商行"才寻到。指明的是石头道街，可是那个"商行"是在石头道街旁的一条顺街尾上，我们的眼睛缭乱起来。走进"商行"去，在一座很大的楼房二层楼上，刚看到一个长方形的亮铜牌钉在过道，还没看到究竟是什么个"商行"，就有人截住我们："什么事？"

"来接洽广告员的！"

"今天星期日，不办公。"

第二天再去的时候，还是有勇气的。是阴天，飞着清雪。

那个"商行"的人说："请到电影院本家去接洽吧。我们这里不替他们接洽了。"

郎华走出来就埋怨我："这都是你主张，我说他们尽骗人，你不信！""怎么又怨我？"我也十分生气。

"不都是想当广告员吗？看你当吧！"

吵起来了。他觉得这是我的过错，我觉得他不应该同我生气。走路时，他在前面总比我快一些，他不愿意和我一起走的样子，好象我对事情没有眼光，使他讨厌的样子。冲突就这样越来越大，当时并不去怨恨那个"商行"，或是那个电影院，只是他生气我，我生气他，真正的目的却丢开了。两个人吵着架回来。

第三天，我再不去了。我再也不提那事，仍是在火炉板上烘着手。他自己出去，戴着他的飞机帽。

"南岗那个人的武术不教了。"晚上他告诉我。

我知道，就是那个人不学了。

第二天，他仍戴着他的飞机帽走了一天。到夜间，我也并没提起广告员的事。照样，第三天我也并没有提，我已经没有兴致想找那样的职业。可是他自动的，比我更留心，自己到那个电影院去过两次。

"我去过两次，第一回说经理不在，第二回说过几天再来吧。真他妈的！有什么劲，只为着四十元钱，就去给他们要宝！画的什么广告？什么情火啦，艳史啦，甜蜜啦，真是无耻和肉麻！"

他发的议论，我是不回答的。他愤怒起来，好象有人非捉他去作广告员不可。

"你说，我们能干那样无聊的事？去他娘的吧！滚蛋吧！"他竟骂起来，跟着，他就骂起自己来："真是混蛋，不知耻的东西，自私的爬虫！"

直到睡觉时，他还没忘掉这件事，他还向我说："你说，我们不是自私的爬虫是什么？只怕自己饿死，去画广告。画得好一点，不怕肉麻，多招来一些看情史的，使人们羡慕富丽，使人们一步一步地爬上去……就是这样，只怕自己饿死，毒害多少人不管，人是自私的东西，……若有人每月给二百元，不是什么都干了吗？我们就是不能够推动历史，也不能站在相反的方面努力败坏历史！"

他讲的使我也感动了。并且声音不自知地越讲越大，他已经开始更细地分析自己……

"你要小点声啊，房东那屋常常有日本朋友来。"我说。

又是一天，我们在中央大街闲荡着，很瘦很高的老秦在他肩上拍了一下。冬天下午三四点钟时，已经快要黄昏了，阳光仅仅留在楼顶，渐渐微弱下来，街路完全在晚风中，就是行人道上，也有被吹起的霜雪扫着人们的腿。

冬天在行人道上遇见朋友，总是不把手套脱下来就握手的。那人的手套大概很凉吧，我见郎华的赤手握了一下就抽回来。我低下头去，顺便看到老秦的大皮鞋上撒着红绿的小斑点。

"你的鞋上怎么有颜料？"

他说他到电影院去画广告了。他又指给我们电影院就是眼前那个，他说："我的事情很忙，四点钟下班，五点钟就要去画广告。你们可以不可以帮我一点忙？"听了这话，郎华和我都没回答。

"五点钟，我在卖票的地方等你们。你们一进门就能看见我。"老秦走开了。

晚饭吃的烤饼，差不多每张饼都半生就吃下的，为着忙，也没有到桌子上去吃，就围在炉边吃的。他的脸被火烤得通红。我是站着吃的。看一看新买的小表，五点了，所以连汤锅也没有盖起我们就走出了，汤在炉板上蒸着气。

不用说我是连一口汤也没喝，郎华已跑在我的前面。我一面弄好头上的帽子，一面追随他。才要走出大门时，忽然想起火炉旁还堆着一堆木柴，怕着了火，又回去看了一趟。等我再出来的时候，他已跑到街口去了。

他说我："做饭也不晓得快做！磨蹭，你看晚了吧！女人就会磨蹭，女人就能耽误事！"

可笑的内心起着矛盾。这行业不是干不得吗？怎么跑得这样快呢？他抢着跨进电影院的门去。我看他矛盾的样子，好象他的后脑勺也在起着矛盾，我几乎笑出来，跟着他进去了。

不知俄国人还是英国人，总之是大鼻子，站在售票处卖票。问他老秦，他说不知道。问别人，又不知道哪个人是电影院的人。等了半个钟头也不见老秦，又只好回家了。

他的学说一到家就生出来，照样生出来："去他娘的吧！那是你愿意去。那不成，那不成啊！人，这自私的东西，多碰几个钉子也对。"他到别处去了，留我一个人在家。

"你们怎么不去找找？"老秦一边脱着皮帽，一边说。

"还到哪里找去？等了半点钟也看不到你！"

"我们一同走吧。郎华呢？"

"他出去了。"

"那么我们先走吧。你就是帮我忙，每月四十元，你二十，我二十，均分。"

在广告牌前站到十点钟才回来。郎华找我两次也没有找到，所以他正在房中生气。这一夜，我和他就吵了半夜。他去买酒喝，我也抢着喝了一半，哭了，两个人都哭了。他醉了以后在地板上嚷着说："一看到职业，途径也不管就跑了，有职业，爱人也不要了！"

我是个很坏的女人吗？只为了二十元钱，把爱人气得在地板上滚着！醉酒的心，象有火烧，象有开水在滚，就是哭也不知道有什么要哭，已经推动了理智。他也和我同样。

第二天酒醒，是星期日。他同我去画了一天的广告。我是老秦的副手，他是我的副手。

第三天就没有去，电影院另请了别人。

广告员的梦到底做成了，但到底是碎了。

1933

民国22年的萧红尽管在生活上仍没有摆脱困苦和贫穷，但在文学创作和绘画上却树立了自己的风格，并开始逐渐加入到了一个圈子。

起初，在三月间，萧红参加了金剑啸发起组织的旨在救济1932年水灾难民的"维纳斯画展"，展出她画的两幅水彩画：一幅是两只萝卜与一个硬面火烧，另一幅是一双傻鞋。

与此同时，萧红在萧军和罗烽、金剑啸、舒群、白朗等中共党员与抗日反满爱国青年的影响鼓励下，她以自己的不幸生活遭遇，写了一篇小说（严格地说是用小说笔法写作的散文）《弃儿》，以悄吟的笔名发表在当时影响最大的长春伪国报《大同报》副刊《大同俱乐部》上，从5月6日一直连载到17日，这对萧红是个极大的鼓舞。接着她又推出一篇反映地主欺压、残害农民的小说《王阿嫂的死》。从此开始步入文学创作的生涯。

同年6月在萧军带领下，参加由罗烽、金剑啸等中共党员领导的"牵牛坊"左翼文学活动，成为"星星剧团"的主要成员之一。

新 识

太寂寞了，"北国"人人感到寂寞。一群人组织一个画会①，大概是我提议的吧！又组织一个剧团②，第一次参加讨论剧团事务的人有十几个，是借民众教育馆阅报室讨论的。其中有一个脸色很白，多少有一点像政客的人，下午就到他家去继续讨论。许久没有到过这样暖和的屋子，壁炉很热，阳光晒在我的头上；明亮而暖和的屋子使我感到热了！第二天是个假日，大家又到他家去。那是夜了，在窗子外边透过玻璃的白霜，晃晃荡荡的一些人在屋里闪动，同时阵阵起着高笑。我们打门的声音几乎没有人听到，后来把手放重一些，但是仍没有人听到，后来去敲玻璃窗片，这回立刻从纱窗帘现出一个灰色的影子，那影子用手指在窗上抹了一下，黑色的眼睛出现在小洞。于是声音同人一起来在过道了。

"郎华来了，郎华来了！"开了门，一面笑着一面握手。

虽然是新识，但非常熟识了！我们在客厅门外除了外套，差不多挂衣服的钩子都将挂满。

"我们来得晚了吧！"

"不算晚，不算晚，还有没到的呢！"

客厅的台灯也开起来，几个人围在灯下读剧本。还有一个从前

①画会：指"维纳斯画会"，1932年冬成立，1933年夏解散。
②剧团：指"星星剧团"，1933年夏成立，金剑啸担任导演、舞美设计，罗烽担任剧团组织工作。剧团先后排练辛克莱的《居住二楼的人》（又名《小偷》）、白薇的《娘姨》、张沫之的《一代不如一代》等，萧军、萧红、白朗、舒群等人担任演员。同年10月，因白色恐怖而解散。

的同学也在读剧本，她的背靠着炉壁，淡黄色，有一点闪光的炉壁衬在背后，她黑的作着曲卷的头发就要散到肩上去。她演剧一般地在读剧本。她波状的头发和充分作着圆形的肩停在淡黄色的壁炉前是一幅完成的少妇美丽的剪影。

她一看到我就不读剧本了！我们两个靠着墙，无秩序的谈了些话。研究着壁上嵌在大框子里的油画。我受冻的脚遇到了热在鞋里面作痒。这是我自己的事，努力忍着好了！

客厅中那么许多人都是生人。大家一起喝茶，吃瓜子。这家的主人来来往往的走，他很像一个主人的样子，他讲话的姿式很温和，面孔带着敬意，并且他时时整理他的上衣，挺一挺胸，直一直胳臂，他的领结不知整理多少次，这一切表示个主人的样子。

客厅每一个角落有一张门，可以通到三个另外的小屋去，其余的一张门是通过道的。就从一个门中走出一个穿皮外衣的女人，转了一个弯她走出客厅去了。

我正在台灯下读着一个剧本时，听到郎华和什么人静悄悄在讲话。看去是一个胖军官样的人和郎华对面立着。他们走到客厅中央圆桌的地方坐下来，他们的谈话我听不懂，什么"炮二队""第九期，第八期"，又是什么人，我从未听见过的名字郎华说出来，那人也说，总之很稀奇。不但我感到稀奇，为着这样生疏的术语，所有客厅中的人都静肃了一下。

从右角的门扇走出一个小女人来，虽然穿的高跟鞋，但她像个小"蒙古"，胖人站起来说：

"这是我的女人！"

郎华也把我叫过去，照样也说给他们，这样一来我就可以坐在旁边细听他们的讲话了！

走在回家的路上，郎华告诉我：

"那个是我的同学啊！"

电车不住的响着铃子，冒着绿火，半面月亮升起在西天，街角卖豆浆的灯火好象个小萤虫，卖浆人守着他渐渐冷却的浆锅寞寞打转，夜深了！夜深了。

（收入散文集《商市街》，上海文化生活出版社，
1936年8月初版）

1933

民国25年11月2日，萧红由日本东京寄给上海的萧军一封信，信中有这样一段话："两三年的工夫，就都兵荒马乱起来了，牵牛房的那些朋友们，都东流西散了。"（载《新文学史料》第四辑278页《萧红书简辑存注释》）

萧红这里指的"牵牛房"正是当年他们在哈尔滨时期常常和一些朋友们聚谈的地方——业余画家冯咏秋的家。那是一栋位于哈尔滨市道里区的新城大街（今尚志大街）与市场东南角处的俄式木制平房。由于房主冯咏秋夫妇素爱牵牛花，每逢春季都要在房前种植一排牵牛花。于是，常来这里的人们为它起了一个十分温馨浪漫的名字——"牵牛坊"。

热情好客的冯咏秋在这里聚集了一大批左翼文化人士。前来这里的人，有中共地下党员，有爱国主义者，也有自由主义者。虽然大家在思想意识上各有各的观点，但共同的是，大家都怀有忧国忧民的反满抗日思想，都有着不甘做亡国奴的爱国心。萧红正是在这里逐渐丰富了自己的视野，悸动着她那颗火热的心。

几个欢快的日子

　　人们跳着舞，"牵牛房"那一些人们每夜跳着舞。过旧年那夜，他们就在茶桌上摆起大红蜡烛，他们摹仿着供财神，拜祖宗。灵秋穿起紫红绸袍，黄马褂，腰中配着黄腰带，他第一个跑到神桌前。老桐又是他那一套，穿起灵秋太太瘦小的皮袍，长短到膝盖以上，大红的脸，脑后又是用红布包起笤帚把柄样的东西，他跑到灵秋旁边，他们俩是一致的，每磕一下头，口里就自己喊一声口号：一、二、三……不倒翁样不能自主地倒下又起来。后来就在地板上烘起火来，说是过年都是烧纸的……这套把戏玩得熟了，惯了！不是过年，也每天来这一套，人们看得厌了！对于这事冷淡下来，没有人去大笑，于是又变一套把戏：捉迷藏。

　　客厅是个捉迷藏的地盘，四下窜走，桌子底下蹲着人，椅子倒过来扣在头上顶着跑，电灯泡碎了一个。蒙住眼睛的人受着大家的玩戏，在那昏庸的头上摸一下，在那分张的两手上打一下。有各种各样的叫声，蛤蟆叫，狗叫，猪叫还有人在装哭。要想捉住一个很不容易，从客厅的四个门会跑到那些小屋去。有时瞎子就摸到小屋去，从门后扯出一个来，也有时误捉了灵秋的小孩。虽然说不准向小屋跑，但总是跑。后一次瞎子摸到王女士的门扇。

　　"那门不好进去。"有人要告诉他。

　　"看着，看着不要吵嚷！"又有人说。

　　全屋静下来，人们觉得有什么奇迹要发生。瞎子的手接触到门扇，他触到门上的铜环响，眼看他就要进去把王女士捉出来，每人心里都想着这个：看他怎样捉啊！

"谁呀！谁？请进来！"跟着很脆的声音开门来迎接客人了！以为她的朋友来访她。

小浪一般冲过去的笑声，使摸门的人脸上的罩布脱掉了，红了脸。王女士笑着关了门。

玩得厌了！大家就坐下喝茶，不知从什么瞎话上又拉到正经问题上。于是"做人"这个问题使大家都兴奋起来。

——怎样是"人"，怎样不是"人"？

"没有感情的人不是人。"

"没有勇气的人不是人。"

"冷血动物不是人。"

"残忍的人不是人。"

"有人性的人才是人。"

"……"

每个人都会规定怎样做人。有的人他要说出两种不同做人的标准。起首是坐着说，后来站起来说，有的也要跳起来说。

"人是情感的动物，没有情感就不能生出同情，没有同情那就是自私，为己……结果是互相杀害，那就不是人。"那人的眼睛睁得很圆，表示他的理由充足，表示他把人的定义下得准确。

"你说的不对，什么同情不同情，就没有同情，中国人就是冷血动物，中国人就不是人。"第一个又站了起来，这个人他不常说话，偶然说一句使人很注意。

说完了，他自己先红了脸，他是山东人，老桐学着他的山东调：

"老猛（孟，），你使（是）人不使人？"

许多人爱和老孟开玩笑，因为他老实，人们说他象个大姑娘。

"浪漫诗人"，是老桐的绰号。他好喝酒，让他作诗不用笔就能一套连着一套，连想也不用想一下。他看到什么就给什么作个诗；朋友来了他也作诗：

"梆梆梆敲门响，呀！何人来了？"

总之，就是猫和狗打架，你若问他，他也有诗，他不喜欢谈论什么人啦！社会啦！他躲开正在为了"人"而吵叫的茶桌，摸到一本唐诗在读：

"昨日之……日不可留……今日之日……多……烦……忧"，读得有腔有调，他用意就在打搅吵叫的一群。郎华正在高叫着：

"不剥削人，不被人剥削的就是人。"

老桐读诗也感到无味。

"走！走啊！我们喝酒去。"

他看一看只有灵秋同意他，所以他又说：

"走，走，喝酒去。我请客……"

客请完了！差不多都是醉着回来。郎华反反复复地唱着半段歌，是维特别离绿蒂的故事，人人喜欢听，也学着唱。

听到哭声了！正象绿蒂一般年轻的姑娘被歌声引动着，哪能不哭？是谁哭？就是王女士。单身的男人在客厅中也被感动了，倒不是被歌声感动，而是被少女的明脆而好听的哭声所感动，在地心不住地打着转。尤其是老桐，他贪婪的耳朵几乎竖起来，脖子一定更长了点，他到门边去听，他故意说：

"哭什么？真没意思！"

其实老桐感到很有意思，所以他听了又听，说了又说："没意思。"

142

不到几天，老桐和那女士恋爱了！那女士也和大家熟识了！也到客厅来和大家一道跳舞。从那时起，老桐的胡闹也是高等的胡闹了！

在王女士面前，他耻于再把红布包在头上，当灵秋叫他去跳滑稽舞的时候，他说：

"我不跳啦！"一点兴致也不表示。

等王女士从箱子里把粉红色的面纱取出来：

"谁来当小姑娘，我给他化妆。"

"我来，我……我来……"老桐他怎能象个小姑娘？他象个长颈鹿似的跑过去。

他自己觉得很好的样子，虽然是胡闹，也总算是高等的胡闹。头上顶着面纱，规规矩矩地、平平静静地在地板上动着步。但给人的感觉无异于他脑后的颤动着红扫帚柄的感觉。

别的单身汉，就开始羡慕幸福的老桐。可是老桐的幸福还没十分摸到，那女士已经和别人恋爱了！

所以"浪漫诗人"就开始作诗。正是这时候他失一次盗：丢掉他的毛毯，所以他就作诗"哭毛毯"。哭毛毯的诗作得很多，过几天来一套，过几天又来一套。朋友们看到他就问：

"你的毛毯哭得怎样了？"

（收入散文集《商市街》，上海文化生活出版社，

1936年8月初版）

十元钞票

十元钞票在绿色的灯下，人们跳着舞狂欢着，有的抱着椅子跳，胖朋友他也丢开风琴，从角落扭转出来，他扭到混杂的一堆人去，但并不消失在人中。因为他胖，同时也因为他跳舞做着怪样，他十分不协调的在跳，两腿扭颤得发着疯。他故意妨碍别人，最终他把别人都弄散开去，地板中央只留下一个流汗的胖子。人们怎样大笑，他不管。

"老牛跳得好！"人们向他招呼。

他不听这些，他不是跳舞，他是乱跳瞎跳，他完全胡闹，他蠢得和猪、和蟹子那般。

红灯开起来，扭扭转转的那一些绿色的人变红起来。红灯带来另一种趣味，红灯带给人们更热心的胡闹。瘦高的老桐扮了一个女相，和胖朋友跳舞。女人们笑流泪了！直不起腰了！但是胖朋友仍是一拐一拐。他的"女舞伴"在他的手臂中也是谐和地把头一扭一拐，扭得太丑，太愚蠢，几乎要把头扭掉，要把腰扭断，但是他还扭，好象很不要脸似的，一点也不知羞似的，那满脸的红胭脂呵！那满脸丑恶得到妙处的笑容。

第二次老桐又跑去化装，出来时，头上包一张红布，脖子后拖着很硬的但有点颤动的棍状的东西。那是用红布扎起来的、扫帚把柄的样子，生在他的脑后。又是跳舞，每跳一下，脑后的小尾巴就随着颤动一下。

跳舞结束了，人们开始吃苹果，吃糖，吃茶。就是吃也没有个吃的样子！有人说：

"我能整吞一个苹果。"

"你不能，你若能整吞个苹果，我就能整吞一个活猪！"另一个说。

自然，苹果也没有吞，猪也没有吞。

外面对门那家锁着的大狗，锁链子在响动。腊月开始严寒起来，狗冻得小声吼叫着。

带颜色的灯闭起来，因为没有颜色的刺激，人们暂时安定了一刻。因为过于兴奋的缘故，我感到疲乏，也许人人感到疲乏大家都安定下来，都象恢复了人的本性。

小"电驴子"从马路笃笃地跑过，又是日本宪兵在巡逻吧！可是没有人害怕，人们对于日本宪兵的印象还浅。

"玩呀！乐呀！第一个站起的人说。

"不乐白不乐，今朝有酒今朝醉……"大个子老桐也说。

胖朋友的女人拿一封信，送到我的手里：

"这信你到家去看好啦！"

郎华来到我的身边。也不知道这是什么意思，我就把信放到衣袋中。

只要一走出屋门，寒风立刻刮到人们的脸，外衣的领子竖起来，显然郎华的夹外套是感到冷，但是他说："不冷。"

一同出来的人，都讲着过旧年时比这更有趣味，那一些趣味早从我们跳开去。我想我有点饿，回家可吃什么？于是别的人再讲什么，我听不到了？！郎华也冷了吧，他拉着我走向前面，越走越快了，使我们和那些人远远地分开。

在蜡烛旁忍着脚痛看那封信，信里边十元钞票露出来。

夜是如此静了，小狗在房后吼叫。

第二天，一些朋友来约我们到"牵牛房"去吃夜饭。果然吃很好，这样的饱餐，非常觉得不多得，有鱼，有肉，有很好滋味的汤。又是玩到半夜才回来。这次我走路时很起劲，饿了也不怕，在家有十元票子在等我。我特别充实地迈着大步，寒风不能打击我。"新城大街"，"中央大街，"行人很稀少了！人走在行人道，好象没有挂掌的马走在冰面，很小心的，然而时时要跌倒。店铺的铁门关得紧紧，里面无光了，街灯和警察还存在，警察和垃圾箱似的失去了威权，他背上的枪提醒着他的职务，若不然他会依着电线柱睡着的。再走就快到"商市街"了！然而今夜我还没有走够，"马迭尔"旅馆门前的大时钟孤独挂着。向北望去，松花江就是这条街的尽头。

我的勇气一直到"商市街"口还没消灭，脑中，心中，脊背上，腿上，似乎各处有一张十元票子，我被十元票子鼓励得肤浅得可笑了。

是叫化子吧！起着哼声，在街的那在移动。我想他没有十元票子吧！

铁门用钥匙打开，我们走进院去，但，我仍听得到叫化子的哼声……

（收入散文集《商市街》，上海文化生活出版社，

1936年8月初版）

1933

民国22年的春夏之际却是萧红为数不多的快乐日子，多年后曾经发表萧红第一首诗的《国际协报》副刊《国际公园》编辑方未艾在他的口述回忆《萧红在哈尔滨》中追忆"那是在1933年的春天，我们几个人常在一起谈天、游园、划船。萧红有一次带着讽刺味道，把这个女学生说成是"饥凤"，把我说成是"寒鸦"。那天，我们从太阳岛划船回来，我写了三首诗，记载这个经过：

> 松花江水日粼粼，不似今朝处处春。
>
> 划桨双飞波影里，妒杀多少荡舟人。
>
> 波语温柔暮色幽，归舟无力过滩头。
>
> 燕掠风吹人欲醉，万千心事付东流。
>
> 漫云饥凤傍寒鸦，结得同心胜自嗟。
>
> 怕是空遭风雨妒，只生枝节不开花。

我把这诗在报上发表后，萧红认为我对她是一种诗意的报复。她一次见我说道："再不能同你开玩笑了，一句玩笑也成了诗的材料，真可谓'嬉笑怒骂皆文章'呵。"当时，我没有体会她话中的深意和对我的一些看法，直到看了她后来写的《商市街》，才知道她的心情。她对我的看法，也许是违心之论，遗憾的是现在竟无机会问她的真心实意，也无法自辩了。"萧红在此文中也对此事进行了回忆。

夏　夜

汪林在院心坐了很长的时间了。小狗在她的脚下打着滚睡了。

"你怎么样？我胳臂疼。"

"你要小声点说，我妈会听见。"

我抬头看，她的母亲在纱窗里边，于是我们转了话题。在江上摇船到"太阳岛"去洗澡这些事，她是背着她的母亲的。第二天，她又是去洗澡。我们三个人租一条小船，在江上荡着。清凉的，水的气味。郎华和我都唱起来了。汪林的嗓子比我们更高。小船浮得飞起来一般。

夜晚又是在院心乘凉，我的胳臂为着摇船而痛了，头觉得发涨。我不能再听那一些话感到趣味。什么恋爱啦，谁的未婚夫怎样啦，某某同学结婚，跳舞……我什么也不听了，只是想睡。

"你们谈吧。我可非睡觉不可，"我向她和郎华告辞。

睡在我脚下的小狗，我误踏了它，小狗还在哽哽地叫着，我就关了门。

最热的几天，差不多天天去洗澡，所以夜夜我早早睡。郎华和汪林就留在暗夜的院子里。

只要接近着床，我什么全忘了。汪林那红色的嘴，那少女的烦闷……夜夜我不知道郎华什么时候回屋来睡觉。就这样，我不知过了几天了。

"她对我要好，真是……少女们。"

"谁呢？"

"那你还不知道！"

"我还不知道。"我其实知道。

很穷的家庭教师，那样好看的有钱的女人竟向他要好了。

"我坦白地对她说了：我们不能够相爱的，一方面有吟，一方面我们彼此相差得太远……你沉静点吧……"他告诉我。又要到江上去摇船。那天又多了三个人，汪林也在内。一共是六个人：陈成和他的女人，郎华和我，汪林，还有那个编辑朋友。

停在江边的那一些小船动荡得落叶似的。我们四个跳上了一条船，当然把汪林和半胖的人丢下。他们两个就站在石堤上。本来是很生疏的，因为都是一对一对的，所以我们故意要看他们两个也配成一对，我们的船离岸很远了。

"你们坏呀！你们坏呀！"汪林仍叫着。

为什么骂我们坏？那人不是她一个很好的小水手吗？为她荡着桨，有什么不愿意吗？也许汪林和我的感情最好，也许她最愿意和我同船。船荡得那么远了，一切江岸上的声音都隔绝，江沿上的人影也消灭了轮廓。

水声，浪声，郎华和陈成混合着江声在唱。远远近近的那一些女人的阳伞，这一些船，这一些幸福的船呀！满江上是幸福的船，满江上是幸福了！人间，岸上，没有罪恶了吧！再也听不到汪林的喊，他们的船是脱开离我们很远了。

郎华故意把桨打起的水星落到我的脸上。船越行越慢，但郎华和陈成流起汗来。桨板打到江心的沙滩了，小船就要搁浅在沙滩上。这两个勇敢的大鱼似的跳下水去，在大江上挽着船行。

一入了湾，把船任意停在什么地方都可以。

我凫水是这样凫的：把头昂在水外，我也移动着，看起来在浮，其实手却抓着江底的泥沙，鳄鱼一样，四条腿一起爬着浮。那只船到来时，听着汪林在叫。很快她脱了衣裳，也和我一样抓着江底在爬，但她是快乐的，爬得很有意思。在沙滩上滚着的时候，居然很熟识了，她把伞打起来，给她同船的人遮着太阳，她保护着他。陈成扬着沙子飞向他："陵，着镖吧！"

汪林和陵站了一队，用沙子反攻。

我们的船出了湾，已行在江上时，他们两个仍在沙滩上走着。

"你们先走吧，看我们谁先上岸。"汪林说。

太阳的热力在江面上开始减低，船是顺水行下去的。他们还没有来，看过多少只船，看过多少柄阳伞，然而没有汪林的阳伞。太阳西沉时，江风很大了，浪也很高，我们有点担心那只船。李说那只船是"迷船"。

四个人在岸上就等着这"迷船"，意想不到的是他们绕着弯子从上游来的。

汪林不骂我们是坏人了，风吹着她的头发，那兴奋的样子，这次摇船好象她比我们得到的快乐更大，更多……

早晨在看报时，编辑居然作诗了。大概就是这样的意思：愿意风把船吹翻，愿意和美人一起沉下江去……

我这样一说，就没有诗意了。总之，可不是前几天那样的话，什么摩登女子吃"血"活着啦，小姐们的嘴是吃"血"的嘴啦……总之可不是那一套。这套比那套文雅得多，这套说摩登女子是天仙，那套说摩登女子是恶魔。

汪林和郎华在夜间也不那么谈话了。陵编辑一来，她就到我们屋里来，因此陵到我们家来的次数多多了。

"今天早点走……多玩一会，你们在街角等我。"这样的话，汪林再不向我们说了。她用不到约我们去"太阳岛"了。

伴着这吃人血的女子在街上走，在电影院里会，他也不怕她会吃他的血，还说什么怕呢，常常在那红色的嘴上接吻，正因为她的嘴和血一样红才可爱。

骂小姐们是恶魔是羡慕的意思，是伸手去攫取怕她逃避的意思。

在街上，汪林的高跟鞋，陵的亮皮鞋，格登格登和谐地响着。

（原载上海《中学生》第65号）

1933年夏，萧红与友人在哈尔滨道里公园
左起：萧红、萧军、金人、舒群、黄之明、裴馨园、樵夫

1933

民国22年8—10月间，萧红与萧军排印并在朋友的资助下自费出版了两人的合集《跋涉》，其中收录了萧红的《王阿嫂的死》《广告副手》《小黑狗》《看风筝》《夜风》五篇作品。此书一出即轰动了沦陷初期的东北文坛，也让萧红成为了东北沦陷区第一位著名的女作家。此文中的"册子"说的正是这部书。

这几个月可以说是萧红异常忙碌的日子，"1933年的8月间，他们排印了合著的《跋涉》。而大部分的稿子，都是萧红所抄写的。永远不安定的洋烛光使她的眼睛痛了，然而还是抄写、抄写……这是两个人拼起来力量，在社会上这力量会连给战友，也会击散敌力，同时他们还在组织一个剧团，还在排戏。"（骆宾基《萧红小传》）

然而萧红在书中对日本帝国主义和反动派以白色恐怖残酷镇压中国革命的揭露以及对无产阶级、革命者的讴歌激怒了伪满政府当局，"这一种并不直接的思想反抗行动，立即使敌探的蛛网感觉到这颤动是那一个角落里传来的了。而且这蛛网似的颤动立刻也感觉到她和萧军的敏觉。不用说，送到书店的集子是没有了。"（骆宾基《萧红小传》）

显然，这本书一出版就注定了自己的命运。

册 子

永远不安定下来的洋烛的火光，使眼睛痛了。抄写，抄写……

"几千字了？"

"才3000多。"

"不手疼吗？休息休息吧，别弄坏了眼睛。"郎华打着哈欠到床边，两只手相交着依在头后，背脊靠着铁床的钢骨。我还没停下来，笔尖在纸上作出响声……

纱窗外阵阵起着狗叫，很响的皮鞋，人们的脚步从大门道来近。不自禁的恐怖落在我的心上。

"谁来了，你出去看看。"

郎华开了门，李和陈成进来。他们是剧团的同志，带来的一定是剧本。我没接过来看，让他们随便坐在床边。

"吟真忙，又在写什么？"

"没有写，抄一点什么。"我又拿起笔来抄。

他们的谈话，我一句半句地听到一点，我的神经开始不能统一，时时写出错字来，或是丢掉字，或是写重字。

蚊虫啄着我的脚面，后来在灯下也嗡嗡叫，我才放下不写。

呵呀呀，蚊虫满屋了！门扇仍大开着。一个小狗崽溜走进来，又卷着尾巴跑出去。关起门来，蚊虫仍是飞……我用手搔着作痒的耳，搔着腿和脚……手指的骨节搔得肿胀起来，这些中了蚊毒的地方，使我已经发酸的手腕不得不停下。我的嘴唇肿得很高，眼边也感到发热和紧胀。这里搔搔，那里搔搔，我的手感到不够用了。

"册子怎么样啦？"李的烟卷在嘴上冒烟。

"只剩这一篇。"郎华回答。

"封面是什么样子？"

"就是等着封面呢……"

第二天，我也跟着跑到印刷局去。使我特别高兴，折得很整齐的一帖一帖的都是要完成的册子，比儿时母亲为我制一件新衣裳更觉欢喜。……我又到排铅字的工人旁边，他手下按住的正是一个题目，很大的铅字，方的，带来无限的感情，那正是我的那篇《夜风》。

那天预先吃了一顿外国包子，郎华说他为着册子来敬祝我，所以到柜台前叫那人倒了两杯"伏特克"酒。我说这是为着册子敬祝他。

被大欢喜追逐着，我们变成孩子了！走进公园，在大树下乘了一刻凉，觉得公园是满足的地方。望着树梢顶边的天。外国孩子们在地面弄着沙土。因为还是上午，游园的人不多，日本女人撑着伞走。卖"冰激凌"的小板房洗刷着杯子。我忽然觉得渴了，但那一排排的透明的汽水瓶子，并不引诱我们。我还没有养成那样的习惯，在公园还没喝过一次那样东西。

"我们回家去喝水吧。"只有回家去喝冷水，家里的冷水才不要钱。

拉开第一扇门，大草帽被震落下来。喝完了水，我提议戴上大草帽到江边走走。

赤着脚，郎华穿的是短裤，我穿的是小短裙子，向江边出发了。

两个人渔翁似的，时时在沿街玻璃窗上反映着。

"划小船吧，多么好的天气！"到了江边我又提议。

"就剩两毛钱……但也可以划，都花了吧！"

择一个船底铺着青草的、有两副桨的船。和船夫说明，一点钟一角五分。并没打算洗澡，连洗澡的衣裳也没有穿。船夫给推开了船，我们向江心去了。两副桨翻着，顺水下流，好象江岸在退走。我们不是故意去寻，任意遇到了一个沙洲，有两方丈的沙滩突出江心，郎华勇敢地先跳上沙滩，我胆怯，迟疑着，怕沙洲会沉下江底。

最后洗澡了，就在沙洲上脱掉衣服。郎华是完全脱的。我看了看江沿洗衣人的面孔是辨不出来的，那么我借了船身的遮掩，才爬下水底把衣服脱掉。我时时靠沙滩，怕水流把我带走。江浪击撞着船底，我拉住船板，头在水上，身子在水里，水光，天光，离开了人间一般的。当我躺在沙滩晒太阳时，从北面来了一只小划船。我慌张起来，穿衣裳已经来不及，怎么好呢？爬下水去吧！船走过，我又爬上来。

我穿好衣服。郎华还没穿好。他找他的衬衫，他说他的衬衫洗完了就挂在船板上，结果找不到。远处有白色的东西浮着，他想一定是他的衬衫了。划船去追白色的东西，那白东西走得很慢，那是一条鱼，死掉的白色的鱼。

虽然丢掉了衬衫并不感到可惜，郎华赤着膀子大嚷大笑地把鱼捉上来，大概他觉得在江上能够捉到鱼是一件很有本领的事。

"晚饭就吃这条鱼，你给煎煎它。"

"死鱼不能吃，大概臭了。"

他赶快把鱼腮掀给我看："你看，你看，这样红就会臭的？"

直到上岸，他才静下去。

"我怎么办呢！光着膀子，在中央大街上可怎样走？"他完全静下去了，大概这时候忘了他的鱼。

我跑到家去拿了衣裳回来，满头流着汗。可是，他在江沿和码头夫们在一起喝茶了。在那个样的布棚下吹着江风。他第一句和我说的话，想来是："你热吧？"

但他不是问我，他先问鱼："你把鱼放在哪里啦？用凉水泡上没有？"

"五分钱给我！"我要买醋，煎鱼要用醋的。

"一个铜板也没剩，我喝了茶，你不知道？"

被大欢喜追逐着的两个人，把所有的钱用掉，把衬衣丢到大江，换得一条死鱼。

等到吃鱼的时候，郎华又说："为着册子，我请你吃鱼。"

这是我们创作的一个阶段，最前的一个阶段，册子就是划分这个阶段的东西。

8月14日，家家准备着过节的那天。我们到印刷局去，自己开始装订，装订了一整天。郎华用拳头打着背，我也感到背痛。

于是郎华跑出去叫来一部斗车，100本册子提上车去。就在夕阳中，马脖子上颠动着很响的铃子，走在回家的道上。家里，地板上摆着册子，朋友们手里拿着册子，谈论也是册子。同时关于册子出了谣言：没收啦！日本宪兵队逮捕啦！

逮捕可没有逮捕，没收是真的。送到书店去的书，没有几天就被禁止发卖了。

（作为"随笔三篇"之一，原载于1936年6月《中学生》第66号）

呼兰西岗公园兰河俱乐部，萧红曾在此演出话剧《傲霜枝》
此图为1915年呼兰医学研究会一周年纪念留影

1933

星剧团是1933年7月由金剑啸、罗烽、白朗、萧军、萧红、舒群等9人成立的半公开性质的剧社，寓意"星星之火，可以燎原"。剧团的性质就是一个抗日的左翼文艺社团，主要演出进步反日剧目。但由于日伪反动当局对文艺宣传的严密控制，排练的几个话剧未能公开上演。后因剧团中一个成员被捕后出逃，剧团自行解散，演出活动被破坏。

1936年6月13日，金剑啸和侯小古先后被捕，同年8月15日，金剑啸在齐齐哈尔北门外被鬼子杀害，1937年7月26日，侯小古在哈尔滨道外圈河被鬼子枪杀。"星星剧团"的两个最初的创建者为敌后抗日事业以身殉国。

剧　团

　　册子带来了恐怖。黄昏时候，我们排完了剧，和剧团那些人出了"民众教育馆"，恐怖使我对于家有点不安。街灯亮起来，进院，那些人跟在我们后面。门扇，窗子，和每日一样安然地关着。我十分放心，知道家中没有来过什么恶物。

　　失望了，开门的钥匙由郎华带着，于是大家只好坐在窗下的楼梯口。李买的香瓜，大家就吃香瓜。

　　汪林照样吸着烟。她掀起纱窗帘向我们这边笑了笑。陈成把一个香瓜高举起来。

　　"不要。"她摇头，隔着玻璃窗说。

　　我一点趣味也感不到，一直到他们把公演的事情议论完，我想的事情还没停下来。我愿意他们快快去，我好收拾箱子，好象箱子里面藏着什么使我和郎华犯罪的东西。

　　那些人走了，郎华从床底把箱子拉出来，洋烛立在地板上，我们开始收拾了。弄了满地纸片，什么犯罪的东西也没有。但不敢自信，怕书页里边夹着骂"满洲国"的，或是骂什么的字迹，所以每册书都翻了一遍。一切收拾好，箱子是空空洞洞的了。一张高尔基的照片，也把它烧掉。大火炉烧得烤痛人的面孔。我烧得很快，日本宪兵就要来捉人似的。

　　当我们坐下来喝茶的时候，当然是十分定心了，十分有把握了。一张吸墨纸我无意地玩弄着，我把腰挺得很直，很大方的样子，我的心象被拉满的弓放了下来一般的松适。我细看红铅笔在吸墨纸上写的字，那字正是犯法的字：

——小日本子，走狗，他妈的"满洲国"——

我连再看一遍也没有看，就送到火炉里边。

"吸墨纸啊？是吸墨纸！"郎华可惜得跺着脚。等他发觉那已开始烧起来了："那样大一张吸墨纸你烧掉它，烧花眼了？什么都烧，看用什么！"他过于可惜那张吸墨纸。我看他那种样子也很生气。吸墨纸重要，还是拿生命去开玩笑重要？

"为着一个虱子烧掉一件棉袄！"郎华骂我。"那你就不会把字剪掉？"

我哪想起来这样做！真傻，为着一块疮疤丢掉一个苹果！

我们把"满洲国"建国纪念明信片摆到桌上，那是朋友送给的，很厚的一打。还有两本上面写着"满洲国"字样的不知是什么书，连看也没有看也摆起来。桌子上面很有意思：《离骚》《李后主词》《石达开日记》，他当家庭教师用的小学算术教本。一本《世界各国革命史》也从桌子上抽下去，郎华说那上面载着日本怎样压迫朝鲜的历史，所以不能摆在外面。我一听说有这种重要性，马上就要去烧掉，我已经站起来了，郎华把我按下："疯了吗？你疯了吗？"

我就一声不响了，一直到灭了灯睡下，连呼吸也不能呼吸似的。在黑暗中我把眼睛张得很大。院中的狗叫声也多起来。大门扇响得也厉害了。总之，一切能发声的东西都比起常发的声音要高，平常不会响东西也被我新发现着，棚顶发着响，洋瓦房盖被风吹着也响，响，响……

郎华按住我的胸口……我的不会说话的胸口。铁大门震响了一下，我跳了一下。

"不要怕，我们有什么呢？什么也没有。谣传不要太认真。他妈的，哪天捉去哪天算！睡吧，睡不足，明天要头疼的……"他按住我的胸口。好象给恶梦惊醒的孩子似的，心在母亲的手下大跳着。

有一天，到一家影戏院去试剧，散散杂杂的这一些人，从我们的小房出发。全体都到齐，只少了徐志，他一次也没有不到过，要试演他就不到，大家以为他病了。

很大的舞台，很漂亮的垂幕。我扮演的是一个老太婆的角色，还要我哭，还要我生病。把四个椅子拼成一张床，试一试倒下去，我的腰部触得很疼。

先试给影戏院老板看的，是郎华饰的《小偷》①中的杰姆和李饰的律师夫人对话的那一幕。我是另外一个剧本，还没挨到我，大家就退出影戏院了。因为条件不合，没能公演。大家等待机会，同时每个人发着疑问：公演不成了吧？

三个剧排了三个月，若说演不出，总有点可惜。

"关于你们册子的风声怎么样？"

"没有什么。怕狼，怕虎是不行的。这年头只得碰上什么算什么……"郎华是刚强的。

（作为"随笔三篇"之二，原载于1936年6月《中学生》第66号）

---

① 《小偷》，即美国作家辛克莱的话剧《居住二楼的人》。

1934年6月，萧红、萧军摄于离开哈尔滨前夕

白面孔

恐怖压到剧团的头上，陈成的白面孔在月光下更白了。这种白色使人感到事件的严重。落过秋雨的街道，脚在街石上发着"巴巴"的声音，李，郎华，我们四个人走过很长的一条街。李说："徐志，我们那天去试演，他不是没有到吗？被捕一个礼拜了！我们还不知道……"

"不要说。在街上不要说。"我撞动她的肩头。

鬼祟的样子，郎华和陈成一队，我和李一队。假如有人走在后面，还不等那人注意我，我就先注意他，好象人人都知道我们这回事。街灯也变了颜色，其实我们没有注意到街灯，只是紧张地走着。李和陈成是来给我们报信，听说剧团里老柏已经三天不敢回家，有密探等在他的门口，他在准备逃跑。我们去找胖朋友，胖朋友又有什么办法？他说："××科里面的事情非常秘密，我不知道这事，我还没有听说。"他在屋里转着弯子。

回到家锁了门，又在收拾书箱，明知道没有什么可收拾的，但本能的要收拾。后来，也把那一些册子从过道拿到后面桦子房去。看到册子并不喜欢，反而感到累赘了！

老秦的面孔也白起来，那是在街上第二天遇见他。我们没说什么，因为郎华早已通知他这事件。没有什么办法，逃，没有路费，逃又逃到什么地方去？不安定的生活又重新开始。从前是闹饿，刚能弄得饭吃，又闹着恐怖。好象从来未遇过的恶的传闻和事实，都在这时来到：日本宪兵队前夜捉去了谁，昨夜捉去了谁……听说昨天被捉去的人与剧团又有关系……

耳孔里塞满了这一些，走在街上也是非常不安。在中央大街的中段，竟有这样突然的事情——郎华被一个很瘦的高个子在肩上拍了一下，就带着他走了！转弯走向横街去，郎华也一声不响地就跟他走，也好象莫名其妙地脱开我就跟他去……起先我的视线被电影院门前的人们遮断，但我并不怎样心跳，那人和郎华很密切的样子，肩贴着肩，踱过来，但一点感情也没有，又踱过去……这次走了许多工夫就没再转回来。我想这是用的什么计策吧？把他弄上圈套。

结果不是要捉他，那是他的一个熟人，多么可笑的熟人呀！太突然了！神经衰弱的人会吓出神经病来。"唉呀危险，你们剧团里人捕去了两个了……在街上他竟弄出这样一个奇特的样子来，他不断地说："你们应该预备预备。"

"我预备什么？怕也不成，遇上算。"郎华的肩连摇也不摇地说。这几天发生的事情极多，做编辑的朋友陵也跑掉了。汪林喝过酒的白面孔也出现在院心。她说她醉了一夜，她说陵前夜怎样送她到家门，怎样要去了她一把削瓜皮的小刀……她一面说着，一面幻想，脸也是白的。好象不好的事情都一起发生，朋友们变了样。汪林在院子里走来走去，也变了样。

只失掉了剧员徐志，剧团的事就在恐怖中不再提起了。

（此篇作为"随笔三篇"之三，原载于1936年6月《中学生》第66号）

"牵牛房"

还不到三天，剧团就完结了！很高的一堆剧本剩在桌子上面。感到这屋子广大了一些，冷了一些。

"他们也来过，我对他们说这个地方常常有一大群人出来进去是不行啊！日本子这几天在道外捕去很多工人。象我们这剧团……不管我们是剧团还是什么，日本子知道那就不好办……"

结果是什么意思呢？就说剧团是完了！我们站起来要走，觉得剧团都了，再没有什么停留的必要，很伤心似的。后来郎华的胖友人出去买瓜子，我们才坐下来吃着瓜子。

厨房有家具响，大概这是吃夜饭的时候。我们站起来快快地走了。他们说：

"也来吃饭吧！不要走，不要客气。"

我们说："不客气，不客气。"其实，才是客气呢！胖朋友的女人，就是那个我所说的小"蒙古"，她几乎来拉我。"吃过了，吃过了！"欺骗着自己的肚子跑出来，感到非常空虚，剧团也没有了，走路也无力了。

"真没意思，跑了这些次，我头疼了咧！"

"你快点走，走得这样慢！"郎华说。

使我不耐烦的倒不十分是剧团的事情，因为是饿了！我一定知道家里一点什么吃的东西也没有。

因为没有去处，以后常到那地方闲坐，第四次到他家去闲坐，正是新年的前夜，主人约我们到他家过年。其余新识的那一群也都欢迎我们在一起玩玩。有的说：

"'牵牛房'又牵来两条牛！"

有人无理由地大笑起来，"牵牛房"是什么意思，我不能解释。

"夏天窗前满种着牵牛花，种得太多啦！爬满了窗门，因为这个叫'牵牛房'！"主人大声笑着给我们讲了一遍。"那么把人为什么称做牛呢？"还太生疏，我没有说这话。不管怎样玩，怎样闹，总是各人有各人的立场。女仆出去买松子，拿着三角钱，这钱好象是我的一样，非常觉得可惜，我急得要颤栗了！就象那女仆把钱去丢掉一样。

"多余呀！多余呀！吃松子做什么！不要吃吧！不要吃那样没用的东西吧！"这话我都没有说，我知道说这话还不是地方。等一会虽然我也吃着，但我一定不同别人那样感到趣味；别人是吃着玩，我是吃着充饥！所以一个跟着一个咽下它，毫没有留在舌头上尝一尝滋味的时间。

回到家来才把这可笑的话告诉郎华。他也说他不觉的吃了很多松子，他也说他象吃饭一样吃松子。

起先我很奇怪，两人的感觉怎么这样相同呢？其实一点也不奇怪，因为饿才把两个人的感觉弄得一致的。

（收入散文集《商市街》，上海文化生活出版社，

1936年8月初版）

门前的黑影①

从昨夜，对于震响的铁门更怕起来，铁门扇一响，就跑到过道去看，看过四五次都不是，但愿它不是。清早了，某个学校的学生，他是郎华的朋友，他戴着学生帽，进屋也没有脱，他连坐下也不坐下就说：

"风声很不好，关于你们，我们的同学弄去了一个。"

"什么时候？"

"昨天。学校已经放假了，他要回家还没有定。今天一早又来日本宪兵，把全宿舍检查一遍，每个床铺都翻过，翻出一本《战争与和平》来……"

"《战争与和平》又怎么样？"

"你要小心一点，听说有人要给你放黑箭。"

"我又不反满，不抗日，怕什么？"

"别说这一套话，无缘无故就要拿人，你看，把《战争与和平》那本书就带了去，说是调查调查，也不知道调查什么？"

说完他就走了。问他想放黑箭的是什么人？他不说。过一会，又来一个人，同样是慌张，也许近些日子看人都是慌张的。

"你们应该躲躲，不好吧！外边都传说剧团不是个好剧团。

那个团员出来了没有？"

---

① 受"册子"和星星剧团演出剧目的影响，萧红等人实际已经在日伪机关的严密监视之下了，黑影指的就是当时负责监视他们的特务。

我们送走了他，就到公园走走。冰池上小孩们在上面滑着冰，日本孩子，俄国孩子……中国孩子……

我们绕着冰池走了一周，心上带着不愉快……所以彼此不讲话，走得很沉闷。

"晚饭吃面吧！"他看到路北那个切面铺才说，我进去买了面条。

回到家里，书也不能看，俄语也不能读，开始慢慢预备晚饭吧！虽然在预备吃的东西也不高兴，好象不高兴吃什么东西。

木格上的盐罐装着满满的白盐，盐罐旁边摆着一包大海米，酱油瓶，醋瓶，香油瓶，还有一罐炸好的肉酱。墙角有米袋，面袋，样子房满堆着木料……这一些并不感到满足，用肉酱拌面条吃，倒不如去年米饭拌着盐吃舒服。

"商市街"口，我看到一个人影，那不是寻常的人影，即象日本宪兵。我继续前走，怕是郎华知道要害怕。

走了十步八步，可是不能再走了！那穿高筒皮靴的人在铁门外盘旋。我停止下，想要细看一看。郎华和我同样，他也早就注意上这人。我们想逃。他是在门口等我们吧！不用猜疑，路南就停着小"电驴子"，并且那日本人又走到路南来，他的姿式表示着他的耳朵也在倾听。

不要家了，我们想逃，但是逃向哪里呢？

那日本人连刀也没有佩，也没有别的武装，我们有点不相信他就会拿人。我们走进路南的洋酒面包店去，买了一块面包，我并不要买肠子，掌柜的就给切了肠子，因为我是聚精会神地在注意玻璃窗外的事情。那没有佩刀的日本人转着弯子慢慢走掉了。

这真是一场大笑话，我们就在铺子里消费了三角五分钱，……

从玻璃门出来，带着三角五分钱的面包和肠子。假若是更多的钱在那当儿就丢在马路上，也不觉得可惜……

"要这东西做什么呢？明天袜子又不能买了。"事件已经过去，我懊悔地说。

"我也不知道，谁叫你进去买的？想怨谁？"

郎华在前面哐哐地开着门，屋中的热气快扑到脸上来。

（收入散文集《商市街》，上海文化生活出版社，
1936年8月初版）

1933

为了躲避日伪特务机关的迫害，在金剑啸、白朗等人的动员与帮助下，萧军与萧红离开哈尔滨，经由大连去了青岛，投奔正在那里落住脚的老朋友舒群。"1934年6月12日——这个可纪念的日子，他们悄然离开哈尔滨，离开他们的小巢和朋友，离开了我们这块乡土，再跋涉到旁的地方去了。"（邓立《萧军与萧红》载于1937年沈阳《新青年》）此文正是萧红离开哈尔滨前的追忆。

决　意

非走不可，环境虽然和缓下来，不走是不行，几月走呢？

五月吧！

从现在起还有五个月，在灯下计算了又计算，某个朋友要拿他多少钱，某个朋友该向他拿路费的一半……

在心上一想到走，好象一件兴奋的事，也好象一件伤心的事，于是我的手一边在倒茶，一边发抖。

"流浪去吧！哈尔滨也并不是家，要么流浪去吧！"郎华端一端茶杯，没有喝，又放下。眼泪已经充满着我了。

"伤感什么，走去吧！有我在身边，走到哪里你也不要怕。

伤感什么，老悄，不要伤感。"

我垂下头说："这些锅怎么办呢？"

"真是小孩子，锅，碗又算得什么？"

我从心笑了，我觉到自己好笑。在地上绕了个圈子，可是心中总有些悲哀，于是又垂下了头。

剧团的徐同志不是出来了吗？不是被灌了凉水吗？我想到这里，想到一个人，被弄了去，灌凉水，打橡皮鞭子，那已经不成个人了。走吧，非走不可。

（收入散文集《商市街》，上海文化生活出版社，1936年8月初版）

决
意
171

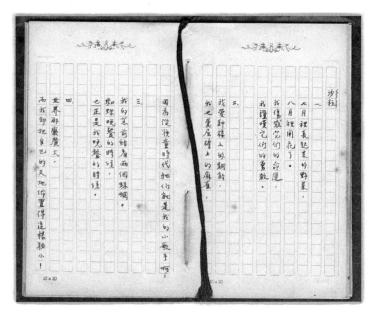

萧红《沙粒》手稿

又是冬天

窗前的大雪白绒一般，没有停地在落，整天没有停。我去年受冻的脚完全好起来，可是今年没有冻，壁炉着得呼呼发响，时时起着木桦的小炸音；玻璃窗简直就没被冰霜蔽住；桦子不象去年摆在窗前，而是装满了桦子房的。

我们决定非回国①不可。每次到书店去，一本杂志也没有，至于别的书，那还是三年前摆在玻璃窗里退了色的旧书。

非去不可，非走不可。

遇到朋友，我们就问：

"海上几月里浪小？小海船是怎样晕法？……"因为我们都没航过海，海船那样大，在图画上看见也是害怕，所以一经过"万国车票公司"的窗前，必须要停住许多时候，要看窗子里立着的大图画，我们计算着这海船有多么高啊！都说海上无风三尺浪，我在玻璃上就用手去量，看海船有海浪的几倍高？结果那太差远了！海船的高度等于海浪的二十倍。我说海船六丈高。

"哪有六丈？"郎华反对我，他又量量："哼！可不是吗！

差不多……海浪三尺，船高是二十三尺。"

也有时因为我反复着说："有那么高吗？没有吧！也许有！"

郎华听了就生起气了，因为海船的事差不多在街上就吵架……

① "回国"，当时哈尔滨属"满洲国"，因此离开哈尔滨到关里，等于是从满洲国回中国。

可是朋友们不知道我们要走。有一天，我们在胖朋友家里举起酒杯的时候，嘴里吃着烧鸡的时候，郎华要说，我不叫他说，可是到底说了。

"走了好！我看你早就该走！"以前胖朋友常这样说："郎华，你走吧！我给你们对付点路费。我天天在××科里边听着问案子。皮鞭子打得那个响！哎，走吧！我想要是我的朋友也弄去……那声音可怎么听？我一看那行人，我就想到你……"

老秦来了，他是穿着一件崭新的外套，看起来帽子也是新的，不过没有问他，他自己先说：

"你们看我穿新外套了吧？非去上海不可，忙着做了两件衣裳，好去进当铺，卖破烂，新的也值几个钱……"

听了这话，我们很高兴，想不说也不可能："我们也走，非走不可，在这个地方等着活剥皮吗？"郎华说完了就笑了：

"你什么时候走？"

"那么你们呢？"

"我们没有一定。"

"走就五六月走，海上浪小……"

"那么我们一同走吧！"

老秦并不认为我们是真话，大家随便说了不少关于走的事情，怎样走法呢？怕路上检查，怕路上盘问，到上海什么朋友也没有，又没有钱。说得高兴起来，逼真了！带着幻想了！老秦是到过上海的，他说四马路怎样怎样！他说上海的穷是怎样的穷法……

他走了以后，雪还没有停。我把火炉又放进一块木柈去。又到烧晚饭的时间了！我想一想去年，想一想今年，看一看自己的手骨节胀大了一点，个子还是这么高，还是这么瘦……

这房子我看得太熟了，至于墙上或是棚顶有几个多余的钉子，我都知道。郎华呢？没有瘦胖，他是照旧，从我认识他那时候起，他就是那样，颧骨很高，眼睛小，嘴大，鼻子是一条柱。

"我们吃什么饭呢？吃面或是饭？"

居然我们有米有面了，这和去年不同，忽然那些回想牵住了我……借到两角钱或一角钱……空手他跑回来……抱着新棉袍去进当铺。

我想到我冻伤的脚，下意识的看了一下脚。于是又想到桦子，那样多的桦子，烧吧！我就又去搬了木桦进来。

"关上门啊！冷啊！"郎华嚷着。

他仍把两手插在裤袋，在地上打转；一说到关于走，他不住地打转，转起半点钟来也是常常的事。

秋天，我们已经装起电灯了。隐在灯下抄自己的稿子。郎华又跑出去，他是跑出去玩，这可和去年不同，今年他不到外面当家庭教师了。

（收入散文集《商市街》，上海文化生活出版社，

1936年8月初版）

又是冬天

1933

　　由于家庭教师的收入微薄，萧军决定学习汽车驾驶技术，以贴补家用，恰在此时，结识了从上海而来的姑娘陈涓，萧红为此非常苦恼，1934年5月，她将写于两年前的《幻觉》发表在《国际协报》副刊《国际公园》上，公开了自己和萧军的感情危机，但实际上《幻觉》的创作是因为另一个姑娘。

　　两年前的1932年，萧红被困旅馆之际与萧军热恋，然而当全身心的萧红投入爱情之际，她却发现萧军似乎移情于一个名叫Marlie的女子，诗中所说"昨夜梦里/听说你对那个名字叫Marlie的女子/也正有意；我不相信你是有意看她/因为你的心/不是已经给了我吗？"曹革成在《我的婶婶萧红》一书里将Marlie加以坐实："据舒群晚年介绍，玛丽姓李，是位气质极佳的大家闺秀。当时她主办的文艺沙龙，在哈尔滨极有名气，一批正直、健康的男士围拢在她周围。许多人追求她，许多人暗恋她"。萧军大概是暗恋者之一。

　　正是多年前的往事让萧红对这个陈涓心生芥蒂，虽说陈涓只待了三个月就回到了南方，但事后萧红还是大病一场，足有二十多天，也正是这个陈涓为二萧日后的感情危机埋下了伏笔。

一个南方的姑娘

郎华告诉我一件新的事情，他去学开汽车回来的第一句话说：

"新认识一个朋友，她从上海来，是中学生。过两天还要到家里来。"

第三天，外面打着门了！我先看到的是她头上扎着漂亮的红带，她说她来访我。老王在前面引着她。大家谈起来，差不多我没有说话，我听着别人说。

"我到此地四十天了！我的北方话还说不好，大概听得懂吧！老王是我到此地才认识的。那天巧得很，我看报上为着戏剧在开着笔战，署名郎华的我同情他……我同朋友们说：这位郎华先生是谁？论文作得很好。因为老王的介绍，上次，见到郎华……"

我点着头，遇到生人，我一向是不会说什么话，她又去拿桌上的报纸，她寻找笔战继续的论文。我慢慢地看着她，大概她也慢慢地看着我吧！她很漂亮，很素净，脸上不涂粉，头发没有卷起来，只是扎了一条红绸带，这更显得特别风味，又美又干净，葡萄灰色的袍子上面，有黄色的花，只是这件袍子我看不很美，但也无损于美。到晚上，这美人似的人就在我们家里吃晚饭。在吃饭以前，汪林也来了！汪林是来约郎华去滑冰，她从小孔窗看了一下：

"郎华不在家吗？"她接着"唔"了一声。

"你怎么到这里来？"汪林进来了。

"我怎么就不许到这里来？"

一个南方的姑娘

我看得她们这样很熟的样子，更奇怪。我说：

"你们怎么也认识呢？"

"我们在舞场里认识的。"汪林走了以后她告诉我。

从这句话当然也知道程女士也是常常进舞场的人了！汪林是漂亮的小姐，当然程女士也是，所以我就不再留意程女士了。

环境和我不同的人来和我做朋友，我感不到兴味。

郎华肩着冰鞋回来，汪林大概在院中也看到了他，所以也跟进来。这屋子就热闹了！汪林的胡琴口琴都跑去拿过来。

郎华唱："杨延辉坐宫院。"

"哈呀呀，怎么唱这个？这是'奴心未死'！"汪林嘲笑他。

在报纸上就是因为旧剧才开笔战。郎华自己明明写着，唱旧戏是奴心未死。

并且汪林耸起肩来笑得背脊靠住暖墙，她带着西洋少妇的风情。程女士很黑，是个黑姑娘。

又过几天，郎华为我借一双滑冰鞋来，我也到冰场上去。程女士常到我们这里来，她是来借冰鞋，有时我们就一起去，同时新人当然一天比一天熟起来。她渐渐对郎华比对我更熟，她给郎华写信了，虽然常见，但是要写信的。

又过些日子，程女士要在我们这里吃面条，我到厨房去调面条。

"……喳……喳……"等我走进屋，他们又在谈别的了！程女士只吃一小碗面就说："饱了。"

我看她近些日子更黑一点，好象她的"愁"更多了！她不仅仅是"愁"，因为愁并不兴奋，可是程女士有点兴奋。我忙着收拾家具，她走时我没有送她，郎华送她出门。

我听得清楚楚的是在门口："有信吗？"

或者不是这么说，总之跟着一声"喳喳"之后，郎华很响的："没有。"

又过了些日子，程女士就不常来了，大概是她怕见我。

程女士要回南方，她到我们这里来辞行，有我做障碍，她没有把要诉说出来的"愁"尽量诉说给郎华。她终于带着"愁"回南方去了。

（收入散文集《商市街》，上海文化生活出版社，

1936年8月初版）

一个南方的姑娘

1934年夏，萧红与友人在青岛四方公园

十三天

"用不到一个月我们就要走的。你想想吧，去吧！不要闹孩子脾气，三两天我就去看你一次……"郎华说。

为着病，我要到朋友家去休养几天。我本不愿去，那是郎华的意思，非去不可，又因为病象又要重似的，全身失去了力量，骨节酸痛。于是冒着雨，跟着朋友就到朋友家去。

汽车在斜纹的雨中前行。大雨和冒着烟一般。我想：开汽车的人怎能认清路呢！但车行的更快起来。在这样大的雨中，人好象坐在房间里，这是多么有趣！汽车走出市街，接近乡村的时候。立刻有一种感觉，好象赴战场似的英勇。我是有病，我并没喊一声"美景"。汽车颠动着，我按紧着肚子，病会使一切厌烦。

当夜还不到九点钟，我就睡了。原来没有睡，来到乡村，那一种落寞的心情浸透了我。又是雨夜，窗子上淅沥地打着雨点。好象是做梦把我惊醒，全身沁着汗，这一刻又冷起来，从骨节发出一种冷的滋味，发着疟疾似的，一刻热了，又寒了！

要解体的样子，我哭出来吧！没有妈妈哭向谁去？

第二天夜又是这样过的，第三夜又是这样过的。没有哭，不能哭，和一个害着病的猫儿一般，自己的痛苦自己担当着吧！整整是一个星期，都是用被子盖着坐在炕上，或是躺在炕上。

窗外的梨树开花了，看着树上白白的花儿。

到端阳节还有二十天，节前就要走的。

眼望着窗外梨树上的白花落了！有小果子长起来，病也渐好，拿椅子到树下去看看小果子。

第八天郎华才来看我，好象父亲来了似的，好象母亲来了似的，我发着一般的，没有和他打招呼，只是让他坐在我的近边。我明明知道生病是平常的事，谁能不生病呢？可是总要酸心，眼泪虽然没有落下来，我却耐过一个长时间酸心的滋味。好象谁虐待了我一般。那样风雨的夜，那样忽寒忽热、独自幻想着的夜。

第二次郎华又来看我，我决定要跟他回家。

"你不能回家。回家你就要劳动，你的病非休息不可，还没有两个星期我们就得走。刚好起来再累病了，我可没有办法。"

"回去，我回去……"

"好，你回家吧！没有一点理智的人，不能克服自己的人还有什么办法！你回家好啦！病犯了可不要再问我！"

我又被留下，窗外梨树上的果子渐渐大起来。我又不住地乱想：穷人是没有家的，生了病被赶到朋友家去。

已是十三天了！

（收入散文集《商市街》，上海文化生活出版社，
1936年8月初版）

1934年夏，萧红在青岛樱花公园

1934

萧红与萧军的感情危机随着白色恐怖的临近而似乎告一段落，实际上萧红遇见萧军时，他是有家室的，此事从一开始萧军就亮明了自己对婚恋的态度，即他那"爱便爱，不爱便丢开"的爱情法则，然而换个角度思考，萧军仍然是欣赏和爱着萧红的，这段日子萧军身体力行，冒严寒，忍饥饿，外出四处打工授课，养活了产后在家待业的萧红；正是萧军最早看出了萧红潜在的才华（这也是他与萧红结合的前提），并且不断给萧红以鼓励和几近手把手地扶持，才得以使萧红的初作——短篇小说《王阿嫂的死》发表在《国际协报》上。这在萧红看来简直就是再给她一次生命。

这些从方未艾《萧红在哈尔滨》可以得到证实："萧军当时在哈尔滨文坛是颇有名气的，乃莹是他的最好助手。他们这时期共同的辛勤劳动，为两人未来的文学成就奠定了基础。由于三郎的鼓励，几个写作朋友的影响，报社编辑的索稿迺莹也开始写作了。新年前，"国际协报"搞"新年征文"，萧军让迺莹写一篇征文试一试。几个朋友都劝她写，迺莹就动笔了。记得是萧军一次见到我，把迺莹的稿子送到我手，题目就是《王阿嫂的死》，署名是悄吟。我看了，认为写的很真实，文笔流畅，感情充沛，决定发表。这样，张迺莹以"悄吟"笔名开始正式从事文笔生涯了！这年她才廿一岁。"距离离开哈尔滨的日子越来越近了，萧红和萧军开始变卖他们本身就不多的财产，而萧红也流露出更大的不安。

拍卖家具

似乎带着伤心，我们到厨房检查一下，水壶，水桶，小锅这一些都要卖掉，但是并不是第一次检查，从想走那天起，我就跑到厨房来计算，三角二角，不知道这样计算多少回，总之一提起"走"字来便去计算，现在可真的要出卖了。

旧货商人就等在门外。

他估着价：水壶，面板，水桶，蓝瓷锅，三只饭碗，酱油瓶子，豆油瓶子，一共值五角钱。

我们没有答话，意思是不想卖了。

"五毛钱不少。你看，这锅漏啦！水桶是旧水桶，买这东西也不过几毛钱，面板这块板子，我买它没有用，饭碗也不值钱……"他一只手向上摇着，另一只手翻着摆在地上的东西，他很看不起这东西："这还值钱？这还值钱？"

"不值钱，我也不卖。你走吧！"

"这锅漏啦！漏锅……"他的手来回地推动锅底，嘭响一声，再嘭响一声。

我怕他把锅底给弄掉下来，我很不愿意："不卖了，你走吧！"

"你看这是废货，我买它卖不出钱来。"

我说："天天烧饭，哪里漏呢？"

"不漏，眼看就要漏，你摸摸这锅底有多么薄？"最后，他又在小锅底上很留恋地敲了两下。

小锅第二天早晨又用它烧了一次饭吃，这是最后的一次。我伤心，明天它就要离开我们到别人家去了！永远不会再遇见，我们的小锅。没有钱买米的时候，我们用它盛着开水来喝；有米太少的时候，就用它煮稀饭给我们吃。现在它要去了！

共患难的小锅呀！与我们别开，伤心不伤心？

旧棉被、旧鞋和袜子，卖空了！空了……

还有一只剑，我也想起拍卖它，郎华说：

"送给我的学生吧！因为剑上刻着我的名字，卖是不方便的。"

前天，他的学生听说老师要走，哭了。

正是练武术的时候，那孩子手举着大刀，流着眼泪。

（收入散文集《商市街》，上海文化生活出版社，

1936年8月初版）

1936年春，萧红摄于鲁迅宅前

1934

萧红二人于1934年6月13日[1]离开哈尔滨，1934年6月16日萧红与萧军抵达青岛，与舒群夫妇一起住在观象一路1号。萧军在舒群妻子兄妹的帮助下，接办《青岛晨报》副刊，萧红接续写作她的中篇小说《麦场》（出版时由胡风改题为《生死场》）。生活过得比较舒心愉快。这从梅林的《忆萧红》中可以看出来"1934年夏天，……到青岛去，参加友人刘君刚接办过来的一个日报（《青岛晨报》）的编辑工作。就在那个时候，我同三郎（萧军）、悄吟（萧红）、老李（舒群）认识了。……我是住在报馆里的，三郎和悄吟则另外租了一间房子，自己烧饭，日常我们一道去市场买菜，做俄式的大菜汤，悄吟用有柄的平底小锅烙油饼。我们吃得很满足。

然而好景不长，十月底，青岛的党组织遭到破坏，舒群夫妇被捕，萧红与萧军随即赶往上海，投奔他们人生中最重要的人——鲁迅。

① 《萧红年谱》认为离开哈尔滨的时间是6月12日。实际上12日萧红夫妇只是离开了商市街居所，躲进"天马广告社"。13日才乘火车离哈赴大连。当夜乘"大连丸"船去青岛。

最后一个星期

刚下过雨，我们踏着水淋的街道，在中央大街上徘徊，到江边去呢？还是到哪里去呢？

天空的云还没有散，街头的行人还是那样稀疏，任意走，但是再不能走了。

"郎华，我们应该规定个日子，哪天走呢？"

"现在三号，十三号吧！还有十天，怎么样？"

我突然站住，受惊一般地，哈尔滨要与我们别离了！还有十天，十天以后的日子，我们要过在车上，海上，看不见松花江了，只要"满洲国"存在一天，我们是不能来到这块土地。

李和陈成也来了，好象我们走，是应该走。

"还有七天，走了好啊！"陈成说。

为着我们走，老张请我们吃饭。吃过饭以后，又去逛公园。在公园又吃冰激凌，无论怎样总感到另一种滋味，公园的大树，公园夏日的风，沙土，花草，水池，假山，山顶的凉亭，……这一切和往日两样，我没有象往日那样到公园里乱跑，我是安静静地走，脚下的沙土慢慢地在响。

夜晚屋中又剩了我一个人，郎华的学生跑到窗前。他偷偷观察着我，他在窗前走来走去，假装着闲走来观察我，来观察这屋中的事情，观察不足，于是问了："我老师上哪里去了？"

"找他做什么？"

"找我老师上课。"

其实那孩子平日就不愿意上课，他觉得老师这屋有个景况：怎么这些日子卖起东西来，旧棉花，破皮褥子……

要搬家吧？那孩子不能确定是怎么回事。他跑回去又把小菊也找出来，那女孩和他一般大，当然也觉得其中有个景况。我把灯闭上了，要收拾的东西，暂时也不收拾了！

躺在床上，摸摸墙壁，又摸摸床边，现在这还是我所接触的，再过七天，这一些都别开了。

小锅，小水壶，终归被旧货商人所提走，在商人手里发着响，闪着光，走出门去！那是前年冬天，郎华从破烂市买回来的。现在又将回到破烂市去。

卖掉小水壶，我的心情更不能压制住。不是用的自己的腿似的，到木桦房去看看许多木桦还没有烧尽，是卖呢？是送朋友？门后还有个电炉，还有双破鞋。

大炉台上失掉了锅，失掉了壶，不象个厨房样。

一个星期已经过去四天，心情随着时间更烦乱起来。也不能在家烧饭吃，到外面去吃，到朋友家去吃。

看到别人家的小锅，吃饭也不能安定。后来，睡觉也不能安定。

"明早六点钟就起来拉床，要早点起来。"

郎华说这话，觉得走是逼近了！必定得走了。好象郎华如不说，就不走了似的。

夜里想睡也睡不安。太阳还没出来，铁大门就响起来，我怕着，这声音要夺去我的心似的，昏茫地坐起来。郎华就跳下床去，两个人从床上往下拉着被子、褥子。枕头摔在脚上，忙忙乱乱，有人打着门，院子里的狗乱咬着。

马颈的铃铛就响在窗外，这样的早晨已经过去，我们遭了恶祸一般，屋子空空的了。

我把行李铺了铺，就睡在地板上。为了多日的病和不安，身体弱的快要支持不住的样子。郎华跑到江边去洗他的衬衫，他回来看到我还没有起来，他就生气："不管什么时候，总是懒。起来，收拾收拾，该随手拿走的东西，就先把它拿走。"

"有什么收拾的，都已收拾好。我再睡一会儿，天还早，昨夜我失眠了。"我的腿痛，腰痛，又要犯病的样子。

"要睡，收拾干净再睡，起来！"

铺在地板上的小行李也卷起来了。墙壁从四面直垂下来，棚顶一块块发着微黑的地方，是长时间点蜡烛被烛烟所熏黑的。说话的声音有些轰响。空了！在屋子里边走起来很旷荡……

还吃最后的一次早餐——面包和肠子。

我手提个包袱。郎华说："走吧！"他推开了门。

这正象乍搬到这房子郎华说"进去吧"一样，门开着我出来了，我腿发抖，心往下沉坠，忍不住这从没有落下来的眼泪，是哭的时候了！应该流一流眼泪。

我没有回转一次头走出大门，别了家屋！街车，行人，小店铺，行人道旁的杨树。转角了！

别了，"商市街"！

小包袱在手上挎着。我们顺了中央大街南去。

（收入散文集《商市街》，上海文化生活出版社，
1936年8月初版）

1935年春，萧军、萧红在上海

1935—1942
从上海到香港

1935

民国23年9月23日，舒群夫妇及倪家三兄弟和地下党市委书记高嵩等被捕，青岛中共地下组织遭到完全的破坏。萧红二人出逃上海，投奔鲁迅。实际上在9月初舒群和萧军曾去上海寻找鲁迅先生，未果。9月9日，当萧红完成《麦场》（即后来的《生死场》）后，萧红夫妇以"萧军"之名给上海鲁迅先生写去第一封信，寄上海内山书店转。鲁迅收到萧红、萧军来信，当即回信，提出"可以看看"他们的书稿。因此，当舒群夫妇被捕后，萧红、萧军由党的外围组织"荒岛书店"领导孙乐文安排并支助40元，萧红、萧军乘"共同丸"向上海进发。

到上海后，萧红二人住在拉都路福显坊411弄22号的二楼上，马上与鲁迅写信联系。11月30日，萧红、萧军应鲁迅之邀，在北四川路的一间咖啡馆里与鲁迅、许广平、海婴会见。从此跟鲁迅建立了深厚的师生情谊。

可以说鲁迅对萧红的改变和帮助是最大的，除了关怀和同情，"在写作方面，鲁迅不仅把他们的稿子转投于上海的若干刊物，更将萧红的《生死场》在由他自资经营的奴隶出版社出版，并亲自写序文。他也一再公开表示萧红是当时女作家中前途最光明的一个。"（葛浩文《谈萧红与鲁迅》）

"1935年，她的中篇《生死场》由鲁迅先生协助编入'奴隶丛书'在上海出版，鲁迅先生并为作序。《生死场》的封面画简单醒目，中间斜线，直如利斧劈开，上半部似为东三省之版图，《生死场》三字即印其上，用以揭示祖国大好疆土正遭日寇宰割蹂躏。斜线下半部则毫无装饰，留下了和谐悦目的空间。这个与本书内容呼应强烈的封面设计即出自本书的作者。本书鲁迅先生序文的署名，是用先生的亲笔制了锌版，这也是按了萧红的意思，说明她对书籍的装帧艺术的精心。"（欣知《萧红与绘画》）

另外，由于鲁迅的介绍，萧红、萧军结识了茅盾、胡风、叶紫、聂绀弩等上海左翼作家，扩展了他们的生活圈子，也让他们能够通过自己的稿费渐渐在上海立足。

1937年春，萧红与友人拜谒鲁迅墓
左起：许广平、萧红、萧军，前立着为周海婴

回忆鲁迅先生（节选）

一

鲁迅先生住的是大陆新村九号。一进弄堂口，满地铺着大方块的水门汀，院子里不怎样嘈杂，从这院子出入的有时候是外国人，也能够看到外国小孩在院子里零星的玩着。鲁迅先生隔壁挂着一块大的牌子，上面写着一个"茶"字。

在一九三五年十月一日。

那夜，就和鲁迅先生和许先生一道坐在长桌旁边喝茶的。当夜谈了许多关于伪满洲国的事情，从饭后谈起，一直谈到九点钟十点钟而后到十一点钟。时时想退出来，让鲁迅先生好早点休息，因为我看出来鲁迅先生身体不大好，又加上听许先生说过，鲁迅先生伤风了一个多月，刚好了的。

但鲁迅先生并没有疲倦的样子。虽然客厅里也摆着一张可以卧倒的藤椅，我们劝他几次想让他坐在藤椅上休息一下，但是他没有去，仍旧坐在椅子上。并且还上楼一次，去加穿了一件皮袍子。

那夜鲁迅先生到底讲了些什么，现在记不起来了。也许想起来的不是那夜讲的而是以后讲的也说不定。过了十一点，天就落雨了，雨点淅沥淅沥地打在玻璃窗上，窗子没有窗帘，所以偶一回头，就看到玻璃窗上有小水流往下流。夜已深了，并且落了雨，心里十分着急，几次站起来想要走，但是鲁迅先生和许先生一再说再坐一下："十二点以前终归有车子可搭的。"所以一直坐到将近十二点，才穿起雨衣来，打开客厅外边的响着的铁门，鲁迅先生非要送到铁门外不可。我想为什么他一定要送呢？对于这样年轻的客人，这样的送是应该的吗？雨不会打湿了头发，受了寒伤风不又要继续下去吗？站在铁门外边，鲁迅先生说，并且指着隔壁那家写着"茶"字的大牌子："下次来记住这个'茶'字，就是这个'茶'的隔壁。"而且伸出手去，几乎是触到了钉在锁门旁边的那个九号的'九'字，"下次来记住茶的旁边九号。"

于是脚踏着方块的水门汀，走出弄堂来，回过身去往院子里边看了一看，鲁迅先生那一排房子统统是黑洞洞的，若不是告诉的那样清楚，下次来恐怕要记不住的。

二

鲁迅先生很喜欢北方饭，还喜欢吃油炸的东西喜欢吃硬的东西，就是后来生病的时候，也不大吃牛奶。鸡汤端到旁边用调羹舀了一二下就算了事。

有一天约好我去包饺子吃，那还是住在法租界，所以带了外国酸菜和用绞肉机绞成的牛肉，就和许先生站在客厅后边的方桌边包起来。海婴公子围着闹的起劲，一会按成圆饼的面拿去了，他说做了一只船来，送在我们的眼前，我们不看他，转身他又做了一只小鸡。许先生和我都不去看他，对他竭力避免加以赞美，若一赞美起来，怕他更做的起劲。

客厅后边没到黄昏就先黑了，背上感到些微微的寒凉，知道衣裳不够了，但为着忙，没有加衣裳去。等把饺子包完了看看那数目并不多，这才知道许先生我们谈话谈得太多，误了工作。许先生怎样离开家的，怎样到天津读书的，在女师大读书时怎样做了家庭教师。她去考家庭教师的那一段描写，非常有趣，只取一名，可是考了好几十名，她之能够当选算是难的了。指望对于学费有点补助，冬天来了，北平又冷，那家离学校又远，每月除了车子钱之外，若伤风感冒还得自己拿出买阿司匹林的钱来，每月薪金十元要从西城跑到东城……

饺子煮好，一上楼梯，就听到楼上明朗的鲁迅先生的笑声冲下楼梯来，原来有几个朋友在楼上也正谈得热闹。那一天吃得是很好的。

以后我们又做过韭菜合子，又做过荷叶饼，我一提议鲁迅先生必然赞成，而我做的又不好，可是鲁迅还是在桌上举着筷子问许先生："我再吃几个吗？"

因为鲁迅先生胃不大好，每饭后必吃"脾自美"药丸一二粒。

三

那天我穿着新奇的大红的上衣，很宽的袖子。鲁迅先生说："这天气闷热起来，这就是梅雨天。"他把他装在象牙烟嘴上的香烟，又用手装得紧一点，往下又说了别的。

许先生忙着家务，跑来跑去，也没有对我的衣裳加以鉴赏。

于是我说："周先生，我的衣裳漂亮不漂亮？"

鲁迅先生从上往下看了一眼："不大漂亮。"

过了一会又接着说："你的裙子配的颜色不对，并不是红上衣不好看，各种颜色都是好看的，红上衣要配红裙子，不然就是黑裙子，咖啡色的就不行了；这两种颜色放在一起很浑浊……你没看到外国人在街上走的吗？绝没有下边穿一件绿裙子，上边穿一件紫上衣，也没有穿一件红裙子而后穿一件白上衣的……"

鲁迅先生就在躺椅上看着我："你这裙子是咖啡色的，还带格子，颜色浑浊得很，所以把红色衣裳也弄得不漂亮了。"

"……人瘦不要穿黑衣裳，人胖不要穿白衣裳；脚长的女人一定要穿黑鞋子，脚短就一定要穿白鞋子；方格子的衣裳胖人不能穿，但比横格子的还好；横格子的胖人穿上，就把胖子更往两边裂着，更横宽了，胖子要穿竖条子的，竖的把人显得长，横的把人显的宽……"

那天鲁迅先生很有兴致，把我一双短统靴子也略略批评一下，说我的短靴是军人穿的，因为靴子的前后都有一条线织的拉手，这拉手据鲁迅先生说是放在裤子下边的……我说："周先生，为什么那靴子我穿了多久了而不告诉我，怎么现在才想起来呢？现在我不是不穿了吗？我穿的这不是另外的鞋吗？"

"你不穿我才说的，你穿的时候，我一说你该不穿了。"

四

那天下午要赴一个宴会去，我要许先生给我找一点布条或绸条束一束头发。许先生拿了来米色的绿色的还有桃红色的。经我和许先生共同选定的是米色的。为着取美，把那桃红色的，许先生举起来放在我的头发上，并且许先生很开心地说着：

"好看吧！多漂亮！"

我也非常得意，很规矩又顽皮地在等着鲁迅先生往这边看我们。

鲁迅先生这一看，脸是严肃的，他的眼皮往下一放向着我们这边看着：

"不要那样装饰她……"

许先生有点窘了。

我也安静下来。

鲁迅先生在北平教书时，从不发脾气，但常常好用这种眼光看人，许先生常跟我讲。她在女师大读书时，周先生在课堂上，一生气就用眼睛往下一掠，看着他们，这种眼光是鲁迅先生在记范爱农先生的文字曾自己述说过，而谁曾接触过这种眼光的人就会感到一个时代的全智者的催逼。

我开始问："周先生怎么也晓得女人穿衣裳的这些事情呢？"

"看过书的，关于美学的。"

"什么时候看的……"

"大概是在日本读书的时候……"

"买的书吗？"

"不一定是买的，也许是从什么地方抓到就看的……"

"看了有趣味吗？！"

"随便看看……"

"周先生看这书做什么？"

"……"没有回答，好象很难以答。

许先生在旁说："周先生什么书都看的。"

五

有一天下午鲁迅先生正在校对着瞿秋白的《海上述林》，我一走进卧室去，从那圆转椅上鲁迅先生转过来了，向着我，还微微站起了一点。

"好久不见，好久不见。"一边说着一边向我点头。

刚刚我不是来过了吗？怎么会好久不见？就是上午我来的那次周先生忘记了，可是我也每天来呀……怎么都忘记了吗？

周先生转身坐在躺椅上才自己笑起来，他是在开着玩笑。

六

梅雨季，很少有晴天，一天的上午刚一放晴，我高兴极了，就到鲁迅先生家去了，跑得上楼还喘着。鲁迅先生说：

"来啦！"我说："来啦！"

我喘着连茶也喝不下。

鲁迅先生就问我：

"有什么事吗？"

我说："天晴啦，太阳出来啦。"

许先生和鲁迅先生都笑着，一种对于冲破忧郁心境的崭然的会心的笑。

海婴一看到我非拉我到院子里和他一道玩不可，拉我的头发或拉我的衣裳。

为什么他不拉别人呢？据周先生说："他看你梳着辫子，和他差不多，别人在他眼里都是大人，就看你小。"

许先生问着海婴："你为什么喜欢她呢？不喜欢别人？"

"她有小辫子。"说着就来拉我的头发。

七

鲁迅先生家生客人很少，几乎没有，尤其是住在他家里的人更没有。一个礼拜六的晚上，在二楼上鲁迅先生的卧室里摆好了晚饭，围着桌子坐满了人。每逢礼拜六晚上都是这样的，周建人先生带着全家来拜访的。在桌子边坐着一个很瘦的很高的穿着中国小背心的人，鲁迅先生介绍说："这是位同乡，是商人。"

初看似乎对的，穿着中国裤子，头发剃的很短。当吃饭时，他还让别人酒，也给我倒一盅，态度很活泼，不大象个商人；等吃完了饭，又谈到《伪自由书》及《二心集》。这个商人，开明得很，在中国不常见。没有见过的就总不大放心。

下一次是在楼下客厅后的方桌上吃晚饭，那天很晴，一阵阵的刮着热风，虽然黄昏了，客厅后还不昏黑。鲁迅先生是新剪的头发，还能记得桌上有一盘黄花鱼，大概是顺着鲁迅先生的口味，是用油煎的。鲁迅先生前面摆着一碗酒，酒碗是扁扁的，好象用做吃饭的饭碗。那位商人先生也能喝酒，酒瓶就站在他的旁边。他说蒙古人什么样，苗人什么样，从西藏经过时，那西藏女人见了男人追她，她就如何如何。

这商人可真怪，怎么专门走地方，而不做买卖？并且鲁迅先生的书他也全读过，一开口这个，一开口那个。并且海婴叫他×先生，我一听那×字就明白他是谁了。×先生常常回来得很迟，从鲁迅先生家里出来，在弄堂里遇到了几次。

有一天晚上×先生从三楼下来，手里提着小箱子，身上穿着长袍子，站在鲁迅先生的面前，他说他要搬了。他告了辞，许先生送他下楼去了。这时候周先生在地板上绕了两个圈子，问我说：

"你看他到底是商人吗？"

"是的。"我说。

鲁迅先生很有意思的在地板上走几步，而后向我说："他是贩卖私货的商人，是贩卖精神上的……"

×先生走过二万五千里回来的。

八

一九三六年三月里鲁迅先生病了，靠在二楼的躺椅上，心脏跳动得比平日厉害，脸色微灰了一点。

许先生正相反的，脸色是红的，眼睛显得大了，讲话的声音是平静的，态度并没有比平日慌张。在楼下一走进客厅来许先生就告诉说：

"周先生病了，气喘……喘得厉害，在楼上靠在躺椅上。"

鲁迅先生呼喘的声音，不用走到他的旁边，一进了卧室就听得到的。鼻子和胡须在扇着，胸部一起一落。眼睛闭着，差不多永久不离开手的纸烟，也放弃了。藤椅后边靠着枕头，鲁迅先生的头有些向后，两只手空闲地垂着。眉头仍和平日一样没有聚皱，脸上是平静的，舒展的，似乎并没有任何痛苦加在身上。

"来了吧？"鲁迅先生睁一睁眼睛，"不小心，着了凉呼吸困难……到藏书的房子去翻一翻书……那房子因为没有人住，特别凉……回来就……"

许先生看周先生说话吃力，赶紧接着说周先生是怎样气喘的。

医生看过了，吃了药，但喘并未停。下午医生又来过，刚刚走。

九

一九三六年春，鲁迅先生的身体不大好，但没有什么病，吃过了夜饭，坐在躺椅上，总要闭一闭眼睛沉静一会。

许先生对我说，周先生在北平时，有时开着玩笑，手按着桌子一跃就能够跃过去，而近年来没有这么做过。大概没有以前那么灵便了。

这话许先生和我是私下讲的：鲁迅先生没有听见，仍靠在躺椅上沉默着呢。

许先生开了火炉门，装着煤炭哗哗地响，把鲁迅先生震醒了。一讲起话来鲁迅先生的精神又照常一样。

十

有一天许先生用波浪式的专门切面包的刀切着面包，是在客厅后边方桌上切的，许先生一边切着一边对我说：

"劝周先生多吃东西，周先生说，人好了再保养，现在勉强吃也是没有用的。"

许先生接着似乎问着我：

"这也是对的？"

而后把牛奶面包送上楼去了。一碗烧好的鸡汤，从方盘里许先生把它端出来了，就摆在客厅后的方桌上。许先生上楼去了，那碗热的鸡汤在方桌上自己悠然地冒着热气。

许先生由楼上回来还说呢：

"周先生平常就不喜欢吃汤之类，在病里，更勉强不下了。"

许先生似乎安慰着自己似的。

"周先生人强，喜欢吃硬的，油炸的，就是吃饭也喜欢吃硬饭……"

十一

许先生楼上楼下地跑，呼吸有些不平静，坐在她旁边，似乎可以听到她心脏的跳动。

鲁迅先生开始独桌吃饭以后，客人多半不上楼来了，经许先生婉言把鲁迅先生健康的经过报告了之后就走了。

鲁迅先生在楼上一天一天地睡下去，睡了许多日子，都寂寞了，有时大概热度低了点就问许先生：

"什么人来过吗？"

看鲁迅先生好些，就一一地报告过。

有时也问到有什么刊物来吗？

鲁迅先生病了一个多月了。

证明了鲁迅先生是肺病，并且是肋膜炎，须藤老医生每天来了，为鲁迅先生把肋膜积水用打针的方法抽净，共抽过两三次。

这样的病，为什么鲁迅先生一点也不晓得呢？许先生说，周先生有时觉得肋痛了就自己忍着不说，所以连许先生也不知道，鲁迅先生怕别人晓得了又要不放心，又要看医生，医生一定又要说休息。鲁迅先生自己知道做不到的。

十二

海婴在玩着一大堆黄色的小药瓶，用一个纸盒子盛着，端起来楼上楼下地跑。向着阳光照是金色的，平放着是咖啡色的，他招集了小朋友来，他向他们展览，向他们夸耀，这种玩艺只有他有而别人不能有。他说：

"这是爸爸打药针的药瓶，你们有吗？"

别人不能有，于是他拍着手骄傲地呼叫起来。

许先生一边招呼着他，不叫他喊，一边下楼来了。

"周先生好了些？"

见了许先生大家都是这样问的。

"还是那样子，"许先生说，随手抓起一个海婴的药瓶来：

"这不是么，这许多瓶子，每天打针，药瓶也积了一大堆。"

许先生一拿起那药瓶，海婴上来就要过去，很宝贵地赶快把那小瓶摆到纸盒里。

在长桌上摆着许先生自己亲手做的蒙着茶壶的棉罩子，从那蓝缎子的花罩下拿着茶壶倒着茶。

楼上楼下都是静的了，只有海婴快活的和小朋友们的吵嚷躲在太阳里跳荡。

海婴每晚临睡时必向爸爸妈妈说："明朝会！"

有一天他站在上三楼去的楼梯口上喊着：

"爸爸，明朝会！"

鲁迅先生那时正病的沉重，喉咙里边似乎有痰，那回答的声音很小，海婴没有听到，于是他又喊：

"爸爸，明朝会！"他等一等，听不到回答的声音，他就大声地连串地喊起来：

"爸爸，明朝会，爸爸，明朝会，……爸爸，明朝会……"

他的保姆在前边往楼上拖他，说是爸爸睡下了，不要喊了。可是他怎么能够听呢，仍旧喊。

这时鲁迅先生说"明朝会"，还没有说出来喉咙里边就象有东西在那里堵塞着，声音无论如何放不大。到后来，鲁迅先生挣扎着把头抬起来才很大声地说出：

"明朝会，明朝会。"

说完了就咳嗽起来。

许先生被惊动得从楼下跑来了，不住地训斥着海婴。

海婴一边哭着一边上楼去了，嘴里唠叨着：

"爸爸是个聋人哪！"

鲁迅先生没有听到海婴的话，还在那里咳嗽着。

十三

鲁迅先生吃饭，是在楼上单开一桌，那仅仅是一个方木桌，许先生每餐亲手端到楼上去，每样都用小吃碟盛着，那小吃碟直径不过二寸，一碟豌豆苗或菠菜或苋菜，把黄花鱼或者鸡之类也放在小碟里端上楼去。若是鸡，那鸡也是全鸡身上最好的一块地方拣下来的肉；若是鱼，也是鱼身上最好一部分，许先生才把它拣下放在小碟里。

许先生用筷子来回地翻着楼下的饭桌上菜碗里的东西，菜拣嫩的，不要茎，只要叶，鱼肉之类，拣烧得软的，没有骨头没有刺的。

心里存着无限的期望，无限的要求，用了比祈祷更虔诚的目光，许先生看着她自己手里选得精精致致的菜盘子，而后脚板触了楼梯上了楼。

希望鲁迅先生多吃一口，多动一动筷，多喝一口鸡汤。鸡汤和牛奶是医生所嘱的，一定要多吃一些的。

把饭送上去，有时许先生陪在旁边，有时走下楼来又做些别的事，半个钟头之后，到楼上去取这盘子。这盘子装的满满的，有时竟照原样一动也没有动又端下来了，这时候许先生的眉头微微地皱了一点。旁边若有什么朋友，许先生就说："周先生的热度高，什么也吃不落，连茶也不愿意吃，人很苦，人很吃力。"

十四

七月里，鲁迅先生又好些。

药每天吃，记温度的表格照例每天好几次在那里画，老医生还是照常地来，说鲁迅先生就要好起来了。说肺部的菌已经停止了一大半，肋膜也好了。

客人来差不多都要到楼上来拜望拜望。鲁迅先生带着久病初愈的心情，又谈起话来，披了一张毛巾子坐在躺椅上，纸烟又拿在手里了，又谈翻译，又谈某刊物。

一个月没有上楼去，忽然上楼还有些心不安，我一进卧室的门，觉得站也没地方站，坐也不知坐在哪里。

许先生让我吃茶，我就依着桌子边站着。好象没有看见那茶杯似的。

鲁迅先生大概看出我的不安来了，便说：

"人瘦了，这样瘦是不成的，要多吃点。"

鲁迅先生又在说玩笑话了。

"多吃就胖了，那么周先生为什么不多吃点？"

鲁迅先生听了这话就笑了，笑声是明朗的。

十五

一九三六年十月十七日，鲁迅先生病又发了，又是气喘。

十七日，一夜未眠。

十八日，终日喘着。

十九日的下半夜，人衰弱到极点了。天将发白时，鲁迅先生就象他平日一样，工作完了，他休息了。

——1939.10

1936

随着在上海生活的稳定和名气的逐渐加大，萧军再次跟随他的心灵生活。此时一个女人陈涓再次走进萧军的生活。陈涓虽于1934年初离开哈尔滨，但萧军与之的牵连并没有终结。二萧11月抵达上海之后，萧军曾找到陈涓家，只是她当时漂泊在沈阳，家里来信告知"有个名叫三郎的写文章的'老粗'来家找过"。萧军从此与之建立书信联系，次年春，还以二萧名义给在哈尔滨举行婚礼的陈涓发信祝贺。

1936年初春，陈涓带着孩子回上海省亲，其兄住在萨坡赛路16号，距二萧住处同街的190号很近。期间，陈涓还与小妹一起到二萧住处拜访。这引起萧军旧情复萌的苗头，引起萧红的不满与焦虑。随后萧红发表前文《一个南方姑娘》，一如去年发表的《幻觉》，《一个南方姑娘》虽记述两年前旧事，但其中流露的却是眼下新生的郁闷和无奈。

与上次陈涓离开一样，这回萧红选择了离开，搬家计划提上日程，她原以为搬离后，离陈家较远，情况或许有所好转。然而，据陈涓后来记述，路途的遥远丝毫没有影响萧军那份狂热和激情。事后多年陈涓发文《萧红死后——致某作家》详细记述了整个过程的来龙去脉：

"我在H地只待了三个半月就回南了。……临走之前，我来向你们告别，……你和我随口谈了几句，听得外面门响，你忙忙地塞一封信给我，我虽然不知道那里面写些什么，但你这种神情，也使我真觉到这封信是不便给她看的，即急急塞在手皮包内。就在这个当儿她进来了，我的脸涨得通红，她也装作不看见，我就搭讪着告别走了。

"回到家好奇地先拆那封信，信里除一张信纸还附有一朵枯萎的玫瑰花。信的字里行间除了慰勉我努力上进之外，也绝无一个字涉及这朵枯萎奇异的玫瑰花。我真是纳闷得很。但是尽管我如何愚笨，这种弦外之音，当然也能明白一二的。不过我心里反而不能泰然了。这样一来，不是弄假成真了吗？教我如何对得起人⋯⋯

"那一夜我回到那被称为'小资产阶级'的圈子中，就醉倒了，大哭大笑，大吐大闹，把那些'优雅'的人们都吓坏了，这是我生平第一次大醉。翌晨宿酒尚未全醒，我就离去了这可怀念的松花江。

"第四年，我带着新生的婴孩回到南方来，因为我哥哥住处临近你的住所，因此有一天我和我的幼妹来看望你们。

"我虽说在人生的旅途上也曾受到过无数次的风霜，但，对你们还是照样的坦白亲切，我很机械地想：'现在我结婚了，也做了一个孩子的母亲了，你们总不会再误解我了吧？'所以照平常一样地同你们有说有笑。

临走还向你说：'你送我们回去吧。'你好象很为难地但也答应了。

"之后，你得便也常我家来玩，也常邀我出去吃东西。当时我深深地觉得看见你很骇怕，你那固执的性格，你那强烈的感情，使我感到烦恼。我知道你太把自己沉溺于幻想中了。我隐隐地觉得这事越来越糟，你那种倾向实在太可怕了。

"在南方住了三四个月，我的丈夫天天来快信催我北上，我就在劳动节那天走了。……那个时候我真是说不出的痛苦与难过，一夜没好睡，××，你真太误解我了！

"据说我在H地结婚之后，就有一个谣言了：说你们俩离婚了，原因是为了我……

"又据说，后来听得我南返了，你们俩常常因这个多余的我而争吵，我那次到你们家去拜访时，即在你们大闹之后，所以你显得很为难，送我回去不是，不送我回去又不是。我听了真愧悔得很，我怎么会这样蠢笨，一点都不觉察你们的心里？做了他人眼睛里的砂子！还不知道！"

陈涓后来的记述，可能不乏摘清自己的动机。但此文并没有得到萧军的任何回应。或许是出于男人的尊严，或许是其他原因，然而这件事却是对萧红造成了很大的伤害，一同生活数年的萧红虽然不能详细了解他和陈涓之间到底发生了什么，但她越来越感到萧军在情感上的背叛，其心灵遭受重创，由此引发与萧军的激烈争吵。传统女性的世界终究狭小，在上海滩即便二萧齐名，但萧红的世界里仍只有萧军，一旦萧军对她的情感出了变故，便自感失去了整个世界。

随后萧军和萧红商量，用冷处理的方式来解决这一问题，"经过反复研究商量，最后我们决定了：她去日本；我去青岛，暂时以一年为期，那时再到上海来聚合。"（萧军《萧红书简辑存注释录（一）》载于1979年《新文学史料》第二辑）为此萧军给出的理由是"她可以到日本去住一个时期。上海距日本的路程不算太远，生活费比上海也贵不了多少，那里环境比较安静，既可以休养，又可以专心读书、写作；同时也可以学学日文。由于日本的出版事业比较发达，如果日文能学通了，读一些世界文学作品就方便很多了。"就这样1936年7月16日萧红只身离开上海前往东京临行前一天，鲁迅夫妇为之践行。

孤独的生活

1936年7月16日，萧红离开上海前与友人合影
左起：黄源、萧军、萧红

孤独的生活

　　蓝色的电灯，好象通夜也没有关，所以我醒来一次看看墙壁是发蓝的，再醒来一次，也是发蓝的。天明之前，我听到蚊虫在帐子外面嗡嗡嗡地叫着，我想，我该起来了，蚊虫都吵得这样热闹了。

　　收拾了房间之后，想要做点什么事情，这点日本与我们中国不同，街上虽然已经响着木屐的声音，但家屋仍和睡着一般的安静。我拿起笔来，想要写点什么，在未写之前必得要先想，可是这一想，就把所想的忘了！

　　为什么这样静呢？我反倒对着这安静不安起来。于是出去，在街上走走，这街也不和我们中国的一样，也是太静了，也好象正在睡觉似的。

　　于是又回到了房间，我仍要想我所想的：在席子上面走着，吃一根香烟，喝一杯冷水，觉得已经差不多了，坐下来吧！写吧！

　　刚刚坐下来，太阳又照满了我的桌子。又把桌子换了位置，放在墙角去，墙角又没有风，所以满头流汗了。

　　再站起来走走，觉得所要写的，越想越不应该写，好，再另计划别的。

　　好象疲乏了似的，就在席子上面躺下来，偏偏帘子上有一个蜂子飞来，怕它刺着我，起来把它打跑了。刚一躺下，树上又有一个蝉开头叫起。蝉叫倒也不算奇怪，但只一个，听来那声音就特别大，我把头从窗子伸出去，想看看，到底是在哪一棵树上？可是邻人拍手的声音，比蝉声更大，他们在笑了。我是在看蝉，他们一定以为我是在看他们。

于是穿起衣裳来，去吃中饭。经过华的门前，她们不在家，两双拖鞋摆在木箱上面。她们的女房东，向我说了一些什么，我一个字也不懂，大概也就是说她们不在家的意思。日本食堂之类，自己不敢去，怕被人看成个阿墨林。所以去的是中国饭馆，一进门那个戴白帽子的就说："伊拉瞎伊麻丝……"

这我倒懂得，就是"来啦"的意思。既然坐下之后，他仍说的是日本话，于是我跑到厨房去，对厨子说了：要吃什么，要吃什么。

回来又到华的门前看看，还没有回来，两双拖鞋仍摆在木箱上。她们的房东又不知向我说了些什么！

晚饭时候，我没有去寻她们，出去买了东西回到家里来吃，照例买的面包和火腿。

吃了这些东西之后，着实是寂寞了。外面打着雷，天阴得混混沉沉的了。想要出去走走，又怕下雨，不然，又是比日里还要长的夜，又把我留在房间了。终于拿了雨衣，走出去了，想要逛逛夜市，也怕下雨，还是去看华吧！一边带着失望一边向前走着，结果，她们仍是没有回来，仍是看到了两双鞋，仍是听到了那房东说了些我所不懂的话语。

假若，再有别的朋友或熟人，就是冒着雨，我也要去找他们，但实际是没有的。只好照着原路又走回来了！

现在是下着雨，桌子上面的书，除掉《水浒》之外，还有一本胡风译的《山灵》①。《水浒》我连翻也不想翻，至于《山灵》，

---

① 《山灵》，是一本反映朝鲜和台湾反殖民斗争的小说集。

就是抱着我这一种心情来读，有意义的书也读坏了。

雨一停下来，穿着街灯的树叶好象萤火虫似的发光，过了一些时候，我再看树叶时那就完全漆黑了。

雨又开始了，但我的周围仍是静的，关起了窗子，只听到屋瓦滴滴的响着。

我放下了帐子，打开蓝色的电灯，并不是准备睡觉，是准备看书了。

读完了《山灵》上《声》的那篇，雨不知道已经停了多久了？那已经哑了的权龙八，他对他自己的不幸，并不正面去惋惜，他正为着铲除这种不幸才来干这样的事情的。

已经哑了的丈夫，他的妻来接见他的时候，他只把手放在嘴唇前面摆来摆去，接着他的脸就红了。当他红脸的时候，我不晓得那是什么心情激动了他？还有，他在监房里读着速成国语读本的时候，他的伙伴都想要说："你话都不会说，还学日文干什么！"

在他读的时候，他只是听到像是蒸气从喉咙漏出来的一样。恐怖立刻浸着了他，他慌忙地按了监房里的报知机，等他把人喊了来，他又不说什么，只是在嘴的前面摇着手。所以看守骂他："为什么什么也不说呢？混蛋！"医生说他是声带破裂"，他才晓得自己一生也不会说话了。

我感到了蓝色灯光的不足，于是开了那只白灯泡，准备再把《山灵》读下去。我的四面虽然更静了，等到我把自己也忘掉了时，好象我的周围也动荡了起来。

天还未明，我又读了三篇。

——1936.8.9　东京。

1936

萧红在东京的生活很少为外人道，多是从她和萧军的通信中透露出来的。初来东京，萧红住在"东京鞠町区富士见町二丁目九一五中村方"，这是一处民房的二楼，一个有六张榻榻米大的房间（大约有10平方米的面积）。因为第一次住进日本式的住房，所以她感到"象住在画的房子里面似的"。萧红在给萧军的第十四信甚至画了自己房间的简图。

女房东待人很亲切。她常常给萧红"一些礼物"，比如方糖、花生、饼干、苹果、葡萄、一盆花，等等。萧红同房东一家也相处很好。如在买来火盆后，她从房东那儿借了一个锅来烧菜，跟房东的小孩儿一起吃。有一次，警察来找麻烦时，女房东为了萧红曾拦挡了他们。

从9月起，萧红开始去东亚学校学习日语。这所学校是1914年由著名教育家松本龟次郎（1866-1945）创办的。松本曾在宏文学院教过鲁迅。这所学校当时在神田区神保町2-20，离萧红的住处有1500米左右。学生都是中国人。起初萧红由于胃痛影响了学习，渐渐地成绩逐渐好起来，12月25日的信上她得意地写道："现在很多话，都可以懂了。即使找找房子，与房东办办交涉也差不多行了。"

然而这种安静恬淡的生活并未维持多久，鲁迅的逝世加深了萧红的孤独感，而萧军的再次移情别恋也让萧红无法继续在东京生活下去了，就像她在《沙粒》中写下的最后一句："什么最痛苦，说不出的痛苦最痛苦。"她回国了，时间是1937年2月9日。

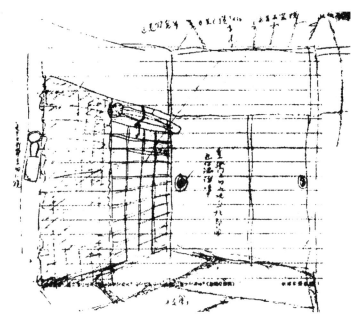

萧红手绘在日本东京住处的草图

在东京

在我住所的北边，有一带小高坡，那上面种的或是松树，或是柏树。它们在雨天里，就象同在夜雾里一样，是那么朦胧而且又那么宁静！好象飞在枝间的鸟雀羽翼的音响我都能够听到。

但我真的听得到的，却还是我自己脚步的声音，间或从人家墙头的树叶落到雨伞上的大水点特别地响着。

那天，我走在道上，我看着伞翅上不住地滴水。

"鲁迅是死了吗？"

于是心跳了起来，不能把"死"和鲁迅先生这样的字样相连接，所以左右反复着的是那个饭馆里下女的金牙齿，那些吃早餐的人的眼镜，雨伞，他们好象小型木凳似的雨鞋；最后我还想起那张贴在厨房边的大画，一个女人，抱着一个举着小旗的很胖的孩子，小旗上面就写着："富国强兵"；所以以后，一想到鲁迅的死，就想到那个很胖的孩子。

我已经打开了房东的格子门，可是我无论如何也走不进来，我气恼着：我怎么忽然变大了？

女房东正在瓦斯炉旁斩断一根萝卜，她抓住了她白色的围裙开始好象鸽子似的在笑："伞……伞……"

原来我好象要撑着伞走上楼去。

她的肥胖的脚掌和男人一样，并且那金牙齿也和那饭馆里下女的金牙齿一样。日本女人多半镶了金牙齿。

我看到有一张报纸上的标题是鲁迅的"偲"。这个偲字，我翻了字典，在我们中国的字典上没有这个字。而文章上的句子里，"逝世，逝世"这字样有过好几个，到底是谁逝世了呢？因为是日文报纸看不懂之故。

第二天早晨，我又在那个饭馆里在什么报的文艺篇幅上看到了"逝世，逝世"，再看下去，就看到"损失"或"殒星"之类。这回，我难过了，我的饭吃了一半，我就回家了。一走上楼，那空虚的心脏，象铃子似的闹着，而前房里的老太婆在打扫着窗棂和席子的噼啪声，好象在打着我的衣裳那么使我感到沉重。在我看来，虽是早晨，窗外的太阳好象正午一样大了。

我赶快乘了电车，去看××。我在东京的时候，朋友和熟人，只有她。车子向着东中野市郊开去，车上本不拥挤，但我是站着。"逝世，逝世"，逝世的就是鲁迅？路上看了不少的山、树和人家，它们却是那么平安、温暖和愉快！我的脸几乎是贴在玻璃上，为的是躲避车上的烦扰，但又谁知道，那从玻璃吸收来的车轮声和机械声，会疑心这车子是从山崖上滚下来了。

××在走廊边上，刷着一双鞋子，她的扁桃腺炎还没有全好，看见我，颈子有些不会转弯地向我说：

"啊！你来得这样早！"

我把我来的事情告诉她，她说她不相信。因为这事情我也不愿意它是真的，于是找了一张报纸来读。

"这些日子病得连报也不订，也不看了。"她一边翻那在长桌上的报纸，一边用手在摸抚着颈间的药布。

而后，她查了查日文字典，她说那个"偲"字是个印象的意思，是面影意思。她说一定有人到上海访问了鲁迅回来写的。

我问她："那么为什么有逝世在文章中呢？"我又想起来了，好象那文章上又说：鲁迅的房子有枪弹穿进来，而安静的鲁迅，竟坐在摇椅上摇着。或者鲁迅是被枪打死的？日本水兵被杀事件，在电影上都看到了，北四川路又是戒严，又是搬家。鲁迅先生又是住的北四川路。

　　但她给我的解释，在阿Q心理上非常圆满，她说："逝世"是从鲁迅的口中谈到别人的"逝世"，"枪弹"是鲁迅谈到一二八时的枪弹，至于"坐在摇椅上"，她说谈过去的事情，自然不用惊慌，安静地摇在摇椅上又有什么希奇。

　　出来送我走的时候，她还说：

　　"你这个人啊！不要神经质了！最近在《作家》上、《中流》上他都写了文章，他的身体可见是在复原期中……"

　　她说我好象慌张得有点傻，但是我愿意听。于是在阿Q心理上我回来了。

　　我知道鲁迅先生是死了，那是二十二日，正是靖国神社开庙会的时节。我还未起来的时候，那天天空开裂的爆竹，发着白烟，一个跟着一个在升起来。隔壁的老太婆呼喊了几次，她阿拉阿拉的向着那爆竹升起来的天空呼喊，她的头发上开始束了一条红绳。楼下，房东的孩子上楼来送我一块撒着米粒的糕点，我说谢谢他们，但我不知道在那孩子脸上接受了我怎样的眼睛。因为才到五岁的孩子，他带小碟下楼时，那碟沿还不时的在楼梯上磕碰着。他大概是害怕我。

　　靖国神社的庙会一直闹了三天，教员们讲些下女在庙会时节的故事，神的故事，和日本人拜神的故事，而学生们在满堂大笑，好象世界上并不知道鲁迅死了这回事。

有一天，一个眼睛好象金鱼眼睛的人，在黑板上写着：鲁迅先生大骂徐懋庸引起了文坛一场风波……茅盾起来讲和……

这字样一直没有擦掉。那卷发的，小小的，和中国人差不多的教员，他下课以后常常被人团聚着，谈些个两国不同的习惯和风俗。他的北京话说得很好，中国的旧文章和诗也读过一些。他讲话常常把眼睛从下往上看着：

"鲁迅这个人，你觉得怎么样？"我很奇怪，又象很害怕，为什么他向我说？结果晓得不是向我说。在我旁边那个位置上的人站起来了，有的教员点名的时候问过他："你多大岁数？"他说他三十多岁。教员说："我看你好象五十多岁的样子……"因为他的头发白了一半。

他作旧诗作得很多，秋天，中秋游日光，游浅草，而且还加上谱调读着。有一天他还让我看看，我说我不懂，别的同学有的借他的诗本去抄录。我听过几次，有人问他："你没再作诗吗？"他答："没有喝酒呢？"

他听到有人问他，他就站起来了：

"我说……先生……鲁迅，这个人没有什么，没有什么了不起的，他的文章就是一个骂，而且人格上也不好，尖酸刻薄。"

他的黄色的小鼻子歪了一下。我想用手替他扭正过来。

一个大大子，戴着四角帽子，他是"满洲国"的留学生，听说话的口音，还是我的同乡。

"听说鲁迅不是反对'满洲国'的吗？"那个日本教员，抬一抬肩膀，笑了一下："嗯！"

过了几天，日华学会开鲁迅追悼会了。我们这一班中四十几个人，去追悼鲁迅先生的只有一位小姐。她回来的时候，全班的人都笑她，她的脸红了，打开门，用脚尖向前走着，走得越轻越慢，而那鞋跟就越响。她穿的衣裳颜色一点也不调配，有时是一件红裙子绿上衣，有时是一件黄裙子红上衣。

这就是我在东京看到的这些不调配的人，以及鲁迅的死对他们激起怎样不调配的反应。

（原载1937年10月16日武汉《七月》第1卷第1期）

1937

民国26年的萧红再次经历了颠沛流离的生活，萧红从日本返回上海后并没有弥合她和萧军感情上的裂缝，4月间，她又只身到北京去寻旧友，找到了长期失掉联系的好友李洁吾，又与出狱后在北京的舒群邂逅相遇。然而短暂的快乐随着种种误会土崩瓦解，由于与李洁吾的重聚，引起李妻的误会，李妻离家出走。

"1937年初夏，约4月份的一个傍晚，分别五年之后的萧红，突然出现在我家门前的时候，那天，妻在厨房里收拾晚饭，我在院中抱着女儿玩耍。忽然听到'啪啪'轻轻的敲门声，开门一看，面前站着一位青年妇女，穿着一件黑色大衣。在她身后，站着李荆山。我还没认出她来呢，她就紧紧握住我的手说：'洁吾，还认识吗？找到你可真不易啊？'又回头对李荆山说：'真得感谢你忆之哥！不先找到你，就无法看到洁吾了。'我也惊叫起来：'啊！廼莹是你！你从哪儿来呀？'说着，我们便牵着手进院，到屋里，她放下大衣，疾步走向我，向我做了一个拥抱。这一举动，吓了我一跳，我急忙让上她坐下，同时招呼在厨房的妻子，过来认识认识这位远方来的客人。自从萧红一进院，一切举动，妻在厨房中早已看在眼里，不料竟因此产生了误会。当我给他们彼此介绍时，妻的态度很冷淡。并用她那女性本能的自卫而怀疑的神情和目光望向了萧红，也许使敏感的萧红感到自尊心受了伤害？

"一时，是很难向妻子解释明白的。吃过夜饭，大家聊谈了一下彼此分别后的情况，约好明日再来，萧红便回旅馆安歇去了。他们走后，果然受到妻子的诘责。她问我们是如何认识的？为什么从来没向她讲过？……无论我怎样说明，她似乎也不相信！（李洁吾《萧红在北京的时候》）

这给萧红增加了更大的烦恼，深深地体会到夫妻关系的复杂性，也更让萧红感觉无法捉住萧军的感情，"这回的心情还不比去日本的心情，什么能救了我呀！上帝！什么能救了我呀！我一定要用那只曾经把我建设起来的那只手把自己打碎吗？"（萧军《萧红书简辑存注释录》，黑龙江人民出版社）。

随后萧红决定离开北京回到上海，"萧红回上海的时间，在五月中旬。因为萧军寄信来说最近身体不适，希望她早点回上海……"（李洁吾《萧红在北京的时候》）

1937年8月13日，日军奉命炮轰闸北，进攻上海，酝酿已久的淞沪抗战正式爆发。第二天，萧红写下散文《天空的点缀》，记述"从昨夜就开始的这战争"。

天空的点缀

1937年夏，萧红、萧军在上海所居公寓门前合影

天空的点缀

用了我有点苍白的手，卷起纱窗来，在那灰色的云的后面，我看不到我所要看的东西（这东西是常常见的，但它们真的载着炮弹飞起来的时候，这在我还是生疏的事情，也还是理想着的事情）。正在我踌躇的时候，我看见了，那飞机的翅子好象不是和平常的飞机的翅子一样（它们有大的也有小的），好象还带着轮子，飞得很慢，只在云彩的缝际出现了一下，云彩又赶上来把它遮没了。不，那不是一只，那是两只，以后又来了几只。它们都是银白色的，并且又都叫着呜呜的声音，它们每个都在叫着吗？这个，我分不清楚。或者它们每个在叫着的，节拍象唱歌的，是有一定的调子，也或者那在云幕当中撒下来的声音就是一片。好象在夜里听着海涛的声音似的，那就是一片了。

过去了！过去了！心也有点平静下来。午饭时用过的家具，我要去洗一洗。刚一经过走廊，又被我看见了，又是两只。这次是在南边，前面一个，后面一个，银白色的，远看有点发黑，于是我听到了我的邻家在说：

"这是去轰炸虹桥飞机场。"

我只知道这是下午两点钟，从昨夜就开始的这战争。至于飞机我就不能够分别了，日本的呢？还是中国的呢？大概是日本的吧！因为是从北边来的，到南边去的，战地是在北边中国虹桥飞机场是真的，于是我又起了很多想头：是日本打胜了吧！所以安闲地去炸中国的后方，是……一定是，那么这是很坏的事情，他们没止境的屠杀，一定要象大风里的火焰似的那么没有止境……

很快我批驳了我自己的这念头，很快我就被我这没有把握的不正确的热望压倒了，中国，一定是中国占着一点胜利，日本遭了些挫伤。假若是日本占着优势，他一定要冲过了中国的阵地而追上去，哪里有工夫用飞机来这边扩大战线呢？

风很大，在游廊上，我拿在手里的家具，感到了点沉重而动摇，一个小白铝锅的盖子，啪啦啪啦地掉下来了，并且在游廊上啪啦啪啦地跑着，我追住了它，就带着它到厨房去。

至于飞机上的炸弹，落了还是没落呢？我看不见，而且我也听不见，因为东北方面和西北方面炮弹都在开裂着。甚至于那炮弹真正从哪方面出发，因着回音的关系，我也说不定了。

但那飞机的奇怪的翅子，我是看见了的，我是含着眼泪而看着它们，不，我若真的含着眼泪而看着它们，那就相同遇到了魔鬼而想教导魔鬼那般没有道理。

但在我的窗外，飞着，飞着，飞去又飞来了的，飞得那么高，好象有一分钟那飞机也没离开我的窗口。因为灰色的云层的掠过，真切了，朦胧了，消失了，又出现了，一个来了，一个又来了。看着这些东西，实在的我的胸口有些疼痛。

一个钟头看着这样我从来没有看过的天空，看得疲乏了，于是，我看着桌上的台灯，台灯的绿色的伞罩上还画着菊花，又看到了箱子上散乱的衣裳，平日弹着的六条弦的大琴，依旧是站在墙角上。一样，什么都是和平常一样，只有窗外的云，和平日有点不一样，还有桌上的短刀和平日有点不一样，紫檀色的刀柄上镶着两块黄铜，而且不装在红牛皮色的套子里。对于它我看了又看，我相信我自己绝不是拿着这短刀而赴前线。

——1937.8.14

（署名萧红，刊于1937年10月16日武汉《七月》第1卷第1期）

1937

鹿地夫妇是萧红到上海后，由鲁迅先生介绍认识的，当时刚巧鹿地亘先生初到上海，"他是东京帝大汉文学系毕业的，对中国文学颇了解，同时也为了生活，通过内山先生介绍，鲁迅先生帮助他把中国作家的东西，译成日文，交给日本改造社出版，因此萧红先生的作品，也曾介绍给鹿地亘先生的。"（景宋《追忆萧红》）

随着中日战争的迫近，两国人的关系也发生了微妙的变化，普通日本人在中国的处境很尴尬，甚至很危险，"……战争的严重性一天天在增重，两国人的界线也一天天更分明，谣言我寓里是容留二三十人的一个机关，迫使我不得不把鹿地先生们送到旅舍。他们寸步不敢移动，周围全是监视的人们，没有一个中国的友人敢和他们见面。这时候，唯一敢于探视的就是萧红和刘军两先生，尤其萧红先生是女性，出入更较方便，这样使得鹿地先生们方便许多。也就是说，在患难生死临头之际，萧红先生是置之度外的为朋友奔走，超乎利害之外的正义感弥漫着她的心头，在这里我们看到她却并不软弱，而益见其坚毅不拔，是极端发扬中国固有道德，为朋友急难的弥足珍贵的精神。"（景宋《追忆萧红》）

记鹿地夫妇

池田在开仗的前夜，带着一匹小猫仔来到我家的门口，因为是夜静的时候，那鞋底拍着楼廊的声音非常响亮。

"谁呀！"

这声音并没有回答，我就看到是日本朋友池田，她的眼睛好象被水洗过的玻璃似的那么闪耀。

"她怎么这时候来的呢，她从北四川路来的……"这话在我的思想里边绕了一周。

"请进来呀！"

一时看不到她的全身，因为她只把门开了一个小缝。

"日本和中国要打仗。"

"什么时候？"

"今天夜里四点钟。"

"真的吗？"

"一定的。"

我看一看表，现在是十一点钟。"一、二、三、四、五——"我说还有五个钟头。

那夜我们又讲了些别的就睡了。军睡在外室的小床上，我和池田就睡在内室的大床上，这一夜没有睡好，好象很热，小猫仔又那么叫，从床上跳到地上，从地上又跳到椅子上，而后再去撕着窗帘。快到四点钟的时候，我好象听到了两下枪响。

"池田，是枪声吧！"

"大概是。"

"你想鹿地怎么样，若真的今开仗，明天他能跑出来不能？"

"大概能，那就不知道啦！"

夜里开枪并不是事实。第二天我们吃完饭，三个人坐在地板的凉席上乘凉。这时候鹿地来了，穿一条黄色的短裤，白衬衫，黑色的卷卷头发，日本式的走法。走到席子旁边，很习惯的就脱掉鞋子坐在席子上。看起来他很快活，日本话也说，中国字也有。他赶快地吸纸烟，池田给他作翻译。他一着急就又加几个中国字在里面。转过脸来向我们说：

"是的，叭叭开枪啦……"

"是什么地方开的？"我问他。

"在陆战队……边上。"

"你看见了吗？"

"看见的……"

他说话十分喜欢用手势："我，我，我看见啦……完全死啦！"而后他用手巾揩着汗。但是他非常快活，笑着，全身在轻松里边打着转。我看他象洗过羽毛的雀子似的振奋，因为他的眼光和嘴唇都象讲着与他不相干的，同时非常感到兴味的人一样。

夜晚快要到来，第一发的炮声过去了。而我们四个人——池田、鹿地、萧军和我——正在吃晚饭，池田的大眼睛对着我，萧军的耳向旁边歪着，我则感到心脏似乎在移动。但是我们合起声音来：

"哼！"彼此点了点头。

鹿地有点象西洋人的嘴唇，扣得很紧。

第二发炮弹发过去了。

池田仍旧用日本女人的跪法跪在席子上，我们大概是用一种假象把自己平定下来，所以仍旧吃着饭。鹿地的脸色自然变得很不好看了。若是我，我一定想到这炮声就使我脱离了祖国。但是他的感情一会就恢复了。他说：

"日本这回坏啦，一定坏啦……"这话的意思是日本要打败的，日本的老百姓要倒楣的，他把这战争并不看得怎样可怕，他说日本军阀早一天破坏早一天好。

第二天他们到S家去住的。我们这里不大方便；邻居都知道他们是日本人，还有一个白俄在法国捕房当巡捕。街上打间谍，日本警察到他们从前住过的地方找过他们。在两国夹攻之下，他们开始被陷进去。

第二天我们到S家去看他们的时候，他们住在三层楼上，尤其是鹿地很开心，俨俨乎和主人一样。两张大写字台靠着窗子，写字台这边坐着一个，那边坐着一个，嘴上都叼着香烟，白金龙香烟四五罐，堆成个小塔型在桌子头上。他请我吃烟的时候，我看到他已经开始工作。很讲究的黑封面的大本子摊开在他的面前，他说他写日记了，当然他写的是日文，我看了一下也看不懂。一抬头看到池田在那边也张开了一个大本子。我想这真不得了，这种克制自己的力量，中国人很少能够做到。无论怎样说，这战争对于他们比对于我们，总是更痛苦的。又过了两天，大概他们已经写了一些日记了。他们开始劝我们，为什么不参加团体工作呢？鹿地说：

"你们不认识救亡团体吗？我给介绍！"这样好的中国话是池田给修改的。

"应该工作了，要快工作，快工作，日本军阀快完啦……"

他们说现在写文章，以后翻成别国文字，有机会他们要到各国去宣传。

我看他们好象变成了中国人一样。

三二日之后去看他们，他们没有了。说他们昨天下午一起出去就没有回来。临走时说吃饭不要等他们，至于哪里去了呢？S说她也不知道。又过了几天，又问了好几次，仍旧不知道他们在哪里。

或者被日本警察捉去啦，送回国去啦！或者住在更安全的地方，大概不能有危险吧！

一个月以后的事：我拿刀子在桌子上切葱花，准备午饭，这时候，有人打门，走进来的人是认识的，可是他一向没有来过，这次的来不知有什么事。但很快就得到结果了：鹿地昨夜又来到S家。听到他们并没有出危险，很高兴。但他接着再说下去就是痛苦的了。他们躲在别人家里躲了一个月，那家非赶他们离开不可，因为住日本人，怕当汉奸看待。S家很不便，当时S做救亡工作，怕是日本探子注意到。

"那么住到那里去呢？"我问。

"就是这个问题呀！他们要求你去送一封信，我来就是找你去送信，你立刻到S家去。"

我送信的地方是个德国医生，池田一个月前在那里治过病，当上海战事开始的时候，医生太太向池田说过：假若在别的地方住不方便，可以搬到她家去暂住。有一次我陪池田去看医生，池田问他：

"你喜欢希特勒吗？"

医生说："唔……不喜欢。"并且说他不能够回德国。

根据这点，池田以为医生是很好的人，同时又受希特勒的压迫。

我送完了信，又回到S家去，我上楼说：

"可以啦，大概是可以。"

回信，我并没拆开读，因为我的英文不好。他们两个从地板上坐起来。打开这信：

"随时可来，我等候着……"池田说信上写着这样的话。

"我说对么！那医生当我临走的时候还说，把手伸给他，我知道他就了解了。"

这回鹿地并不怎样神气了，说话不敢大声，不敢站起来走动。晚饭就坐在地板的席子上吃的，台灯放在地上，灯头被蒙了一块黑纱布，就在这微黑的带着神秘的三层楼上，我也和他们一起吃的饭。我端碗来，再三的不能把饭咽下去，我看一看池田发亮的眼睛，好象她对她自己未知的命运还不如我对他们那样关心。

"吃鱼呀！"我记不得是他们谁把一段鱼尾摆在我的碗上来。

当着一个人，在他去试验他出险的道路前一刻，或者就正在出险之中，为什么还能够这样安宁呢！我实在对这晚餐不能够多吃。我为着我自己，我几次说着多余的闲间话：

"我们好象山寨们在树林里吃饭一样……"接着我还是说："不是吗？看象不象？"

回答这话的没有人，我抬头看一看四壁，这是一间藏书房，四壁黑沉沉的站着书箱或书柜。

八点钟刚过，我就想去叫汽车，他们说，等一等，稍微晚一点更好。鹿地开始穿西装，白裤子，黑上衣，这是一个西洋朋友给他的旧衣裳（他自己的衣裳从北四路逃出来时丢掉了）。多么可笑啊！又象贾伯林又象日本人。

"这个不要紧！"指着他已经蔓延起来的胡子对我说："象日

本人不象？”

“不象。”但明明是象。

等汽车来了时，我告诉他：

“你绝对不能说话，中国话也不要说，不开口最好，若忘记了说出日本字来那是危险的。”

报纸上登载过法租和英租界交界的地方，常常有小汽车被验查。假若没有人陪着他们，他们两个差不多就和哑子一样了。鹿地干脆就不能开口。至于池田一听就知道说的是日本的中国话。

那天晚上下着一点小雨，记得大概我是坐在他们两个人之间，有两小箱笼颠动在我们膝盖的前边。爱多亚路被指路灯所照，好象一条虹彩似的展开在我们的面前，柏油路被车轮所擦过的纹痕，在路警指管着的红绿灯下，变成一条红的，而后又变成一条绿的，我们都把眼睛看着这动乱交错的前方。同时司机人前面那块玻璃上有一根小棍来回地扫着那块扇形的地盘。

车子到了同孚路口了，我告诉车子左转，而后靠到马路的右边。

这座大楼本来是有电梯的，因为司机人不在，等不及了，就从扶梯跑上去。我们三个人都提着东西，而又都跑得快，好象这一路没有出险，多半是因为这最末的一跑才做到的。

医生在小客厅里接待着鹿地夫妇：

“弄错了啦，嗯！”

我所听到的，这是什么话呢？我看看鹿地，我看看池田，再看看胖医生。

“医生弄错啦，他以为是要来看病的人，所以随时可来。”

“那么房子呢？”

"房子他没有。"池田摆一摆手。

我想这回可成问题了，我知道S家绝对不能再回去。找房子立刻是可能的吗？而后我说到我家去可以吗？

池田说："你们家那白俄呀！"

医生还不错，穿了雨衣去替他们找房子去了。在这中间，非常恐慌。他说房子就在旁边，可是他去了好多时候没有回来。

"箱子里边有写的文章啊！老医生不是去通知捕房？"池田的眼睛好象枭鸟的眼睛那么大。

过了半点钟的样子，医生回来了，医生又把我们送到那新房子。

走进去一看，就象个旅馆，茶房非常多，说中国话的，说法国话的，说俄国话的，说英国话的。

刚一开战，鹿地就说过要到国际上去宣传，我看那时候，他可差不多去到国际上了。

这地方危险是危险的，怎么办呢？只得住下了。

中国茶房问："先生住几天呢？"

我说住一两天，但是鹿地说："不！不！"只说了半截就回去了，大概是日本话又来到嘴边上。

池田有时说中国话，有时说英国话，茶房来了一个，去了，又来了一个。

鹿地静静地站在一边。

大床、大桌子、大沙发，棚顶垂着沉重的带着锁的大灯头。并且还有一个外室，好象阳台一样。

茶房都去了，鹿地仍旧站着，地心有一块花地毯，他就站在地毯的边上。

我告诉他不要说日本话，因为隔壁的房子说不定住的是中国人。

"好好的休息吧！把被子摊在床上，衣箱就不要动了，三两天就要搬的。我把这情况通知别的朋友……"往下我还有话要说，中国茶房进来了，手里端着一个大白铜盘子，上面站着两个汽水瓶。我想这个五块钱一天的旅馆还给汽水喝！问那茶房，那茶房说是白开水，这开水怎样卫生，怎样经过过滤，怎样多喝了不会生病。正在这时候，他却来讲卫生了。

向中国政府办理证明书的人说，再有三五天大概就替他们领到，可是到第七天还没有消息。他们在那房子里边，简直和小鼠似的，地板或什么东西有时格格地作响，至于讲话的声音，外边绝对听不到。

每次我去的时候，鹿地好象还是照旧的样子，不然就是变了点，也究竟没变了多少，喜欢讲笑话。不知怎么想起来的，他又说他怕女人："女人我害怕，别的我不怕……女人我最怕。"

"帝国主义你不怕？"我说。

"我不怕，我打死他。"

"日本警察捉你也不怕？"我和池田是站在一面的。

池田听了也笑，我也笑，池田在这几天的不安中也破例了。

"那么你就不用这里逃到那里，让日本警察捉去好啦！其实不对的，你还是最怕日本警察。我看女人并不绝顶的厉害，还是日本警察绝顶的厉害。"

我们都笑了，但是都没有高声。

最显现在我面前的是他们两个有点憔悴的颜面。

有一天下午，我陪着他们谈了两个多钟头，对于这一点点时间，他们是怎样的感激呀！我临走时说：

"明天有工夫，我早点来看你们，或者是上午。"

尤其是池田立刻说谢谢，并且立刻和我握握手。

第二天我又来迟了，池田不在房里。鹿地一看到我，就从桌上摸到一块白纸条。他摇一摇手而后他在纸条上写着：

今天下午有巡捕在门外偷听了，一下午英国巡捕（即印度巡捕）、中国巡捕，从一点钟起停到五点钟才走。

但最感动我的是他在纸条上出现着这样的字：——今天我决心被捕。

"这被捕不被捕，怎能是你决心不决心的呢？"这话我不能对他说，因为我知道他用的是日本文法。

我又问他打算怎样呢？他说没有办法，池田去到S家里。

那个时候经济也没有了，证明书还没有消息。租界上日本有追捕日本或韩国人的自由。想要脱离租界，而又一步不能脱离。到中国地去，要被中国人误认作间谍。

他们的生命，就象系在一根线上那么脆弱。

那天晚上，我把他们的日记、文章和诗，包集起来带着离开他们。我说："假使日本人把你们捉回去，说你们帮助中国，总是没有证据的呀！"

我想我还是赶快走的好，把这些致命的东西快些带开。

临走时我和他握握手，我说不怕。至于怕不怕，下一秒钟谁都没有把握。但我是说了，就象说给站在狼洞里边的孩子一样。

以后再去看他们，他们就搬了，我们也就离开上海。

——1938.2.24

（原载《文艺阵地》第1卷第2期）

记鹿地夫妇

1937年夏，萧红摄于日本东京

窗 边

M站在窗口，他的白色的裤带上的环子发着一点小亮，而他前额上的头发和脸就压在窗框上，就这样，很久很久地。同时那机关枪的声音似乎紧急了，一排一排地爆发，一阵一阵地裂散着，好象听到了在大火中坍下来的家屋。

"这是哪方面的机关枪呢？"

"这枪一开……在电影上我看见过，人就一排一排地倒下去……"

"这不是吗……炮也响了……"

我在地上走着，就这样散散杂杂地问着M，而他回答我的却很少。

"这大概是日本方面的机关枪，因为今夜他们的援军必要上岸，也许这是在抢岸……

也许……"

他说第二个"也许"的时候，我明白了这"也许"一定是他又复现了他曾作过军人的经验。

于是那在街上我所看到的伤兵，又完全遮没了我的视线；他们在搬运货物的汽车上，汽车的四周插着绿草，车在跑着的时候，那红十字旗在车厢上火苗似的跳动着。那车沿着金神父路①向南去

①金神父路北起霞飞路，南至徐家汇路（今肇嘉浜路），全长1517米。1907年法租界公董局越界辟筑，1914年划入上海法租界，是上海市卢湾区瑞金二路在1943年以前的路名。

了。远处有一个白色的救急车厢上画着一个很大的红十字，就在那地方，那飘蓬着的伤兵车停下，行路的人是跟着拥了去。那车子只停了一下，又倒退着回来了。退到最接近的路口，向着一个与金神父路交叉着的街开去，这条街就是莫利哀路②。

这时候我也正来到了莫利哀路，在行人道上走着。那插着草的载重车，就停在我的前面，那是一个医院，门前挂着红十字的牌匾。

两个穿着黑色云纱大衫的女子跳下车来。她们一定是临时救护员，臂上包着红十字。这时候，我就走近了。

跟着那女救护员，就有一个手按着胸口的士兵站起来了，大概他是受的轻伤，全身没有血痕，只是脸色特别白。还有一个，他的腿部扎着白色的绷带，还有一个很直地躺在车板上，而他的手就和虫子的脚爪般攀住了树木那样紧抓着车厢的板条。

这部车子载着七八个伤兵，其中有一个，他绿色的军衣在肩头染着血的部分好象被水浸着那么湿，但他也站起来了，他用另一只健康的手去扶着别的一只受伤的手。

女救护员爬上车来了，我想一定是这医院已经人满，不能再收的缘故。所以这载重车又动摇着，响着，倒退着，冲开着围观的人，又向金神父路退去。就是那肩头受伤的人，他也从原来的地方坐下去。

他们的脸色有的是黑的，有的是白的，有的是黄色的，除掉这个，从他们什么也得不到，呼叫，呼声，一点也没有，好象正在受着创痛的不是人类，不是动物……静静地；静得好象是一棵树木。

②莫利哀路，即香山路，因为当年属法租界，就用法国作家莫利哀的名字当路名了。

人们拥挤着招呼着，抱着孩子，拖着拖鞋，使我感到了人们就象在看"出大差"那种热闹的感觉。

停在我们脚尖前面的这飘蓬的人类，是应该受着无限深沉的致敬的呀！

于是第二部插着绿草的汽车也来到了，就在人们拥挤围观的当中，两部车子一起退去了。

M的腰间仍旧是闪着那带子上的一点小亮，那困恼的头发仍旧是切在窗子的边上。宁静，这深夜的宁静，微风也不来摆动这桌子上的书篇……只在那北方枪炮的世界中，高冲起来的火光中，把M的头部烘托出来一个圆大沉重而安宁的黑影在窗子上。

我想他也和我一样，战争是要战争的，而枪声是并不爱的。

——1937.8.17

（原载1937年11月1日武汉《七月》第1卷第2期）

1937年3月，萧红与友人在上海
后排左起：胡风、许广平、池田幸子、萧军、萧红
前排左起：鹿地亘、小田岳夫

失眠之夜

　　为什么要失眠呢！烦躁，恶心，心跳，胆小，并且想要哭泣。我想想，也许就是故乡的思虑罢。

　　窗子外面的天空高远了，和白棉一样绵软的云彩低近了，吹来的风好象带点草原的气味，这就是说已经是秋天了。

　　在家乡那边，秋天最可爱。

　　蓝天蓝得有点发黑，白云就象银子做成一样，就象白色的大花朵似的点缀在天上；就又象沉重得快要脱离开天空而坠了下来似的，而那天空就越显得高了，高得再没有那么高的。

　　昨天我到朋友们的地方走了一遭，听来了好多的心愿——那许多心愿综合起来，又都是一个心愿——这回若真的打回满洲去，有的说，煮一锅高粱米粥喝；有的说，咱家那地豆多么大！说着就用手比量着，这么碗大；珍珠米，老的一煮就开了花的，一尺来长的；还有的说，高粱米粥、咸盐豆。还有的说，若真的打回满洲去，三天二夜不吃饭，打着大旗往家跑。跑到家去自然也免不了先吃高粱米粥或咸盐豆。

　　比方高粱米那东西，平常我就不愿吃，很硬，有点发涩（也许因为我有胃病的关系），可是经他们这一说，也觉得非吃不可了。

　　但是什么时候吃呢？那我就不知道了。而况我到底是不怎样热烈的，所以关于这一方面，我终究不怎样亲切。

　　但我想我们那门前的蒿草，我想我们那后园里开着的茄子的紫色的小花，黄瓜爬上了架。而那清早，朝阳带着露珠一齐来了！

我一说到蒿草或黄瓜，三郎就向我摆手或摇头："不，我们家，门前是两棵柳树，树荫交织着做成门形。再前面是菜园，过了菜园就是门。那金字塔形的山峰正向着我们家的门口，而两边象蝙蝠的翅膀似的向着村子的东方和西方伸展开去。而后园黄瓜、茄子也种着，最好看的是牵牛花在石头桥的缝际爬遍了，早晨带着露水牵牛花开了……"

"我们家就不这样，没有高山，也没有柳树……只有……"我常常这样打断他。

有时候，他也不等我说完，他就接下去。我们讲的故事，彼此都好象是讲给自己听，而不是为着对方。

只有那么一天，买来了一张《东北富源图》挂在墙上了，染着黄色的平原上站着小鸟，小羊，还有骆驼，还有牵着骆驼的小人；海上就是些小鱼，大鱼，黄色的鱼，红色的好象小瓶似的大肚的鱼，还有黑色的大鲸鱼；而兴安岭和辽宁一带画着许多和海涛似的绿色的山脉。

他的家就在离着渤海不远的山脉中，他的指甲在山脉爬着："这是大凌河……这是小凌河……哼……没有，这个地图是个不完全的，是个略图……"

"好哇！天天说凌河，哪有凌河呢！"我不知为什么一提到家乡，常常愿意给他扫兴一点。

"你不相信！我给你看。"他去翻他的书橱去了，"这不是大凌河……小凌河……小孩的时候在凌河沿上捉小鱼，拿到山上去，在石头上用火烤着吃……这边就是沈家台，离我们家二里路……"因为是把地图摊在地板上看的缘故，一面说着，他一面用手扫着他已经垂在前额的发梢。

《东北富源图》就挂在床头，所以第二天早晨，我一张开了眼睛，他就抓住了我的手：

"我想将来我回家的时候，先买两匹驴，一匹你骑着，一匹我骑着……先到我姑姑家，再到我姐姐家……顺便也许看看我的舅舅去……我姐姐很爱我……她出嫁以后，每回来一次就哭一次，姐姐一哭，我也哭……这有七八年不见了！也都老了。"

那地图上的小鱼，红的，黑的，都能够看清，我一边看着，一边听着，这一次我没有打断他，或给他扫一点兴。

"买黑色的驴，挂着铃子，走起来……铛啷啷啷啷啷啷……"他形容着铃音的时候，就象他的嘴里边含着铃子似的在响。

"我带你到沈家台去赶集。那赶集的日子，热闹！驴身上挂着烧酒瓶……我们那边，羊肉非常便宜……羊肉炖片粉……真有味道！唉呀！这有多少年没吃那羊肉啦！"他的眉毛和额头上起着很多皱纹。

我在大镜子里边看了他，他的手从我的手上抽回去，放在他自己的胸上，而后又背着放在枕头下面去，但很快地又抽出来。只理一理他自己的发梢又放在枕头上去。

而我，我想：

"你们家对于外来的所谓'媳妇'也一样吗？"我想着这样说了。

这失眠大概也许不是因为这个。但买驴子的买驴子，吃咸盐豆的吃咸盐豆，而我呢？坐在驴子上，所去的仍是生疏的地方，我停着的仍然是别人的家乡。

家乡这个观念，在我本不甚切的，但当别人说起来的时候，我也就心慌了！虽然那块土地在没有成为日本的之前，"家"在我就等于没有了。

这失眠一直继续到黎明之前，在高射炮的声中，我也听到了一声声和家乡一样的震抖在原野上的鸡鸣。

——1937.8.23

（原载1937年10月16日武汉《七月》第1卷第1期）

1937年秋，萧红与友人在武昌东湖
左起：萧军、蒋锡金、萧红、罗烽

1937

民国26年的8月底，胡风召集两萧、曹白、彭柏山、艾青等人具体商议创办一个抗战刊物之事宜，正是在这个小型聚会上，两萧同时结识了另一位年轻的东北作家端木蕻良。在会上，胡风提议刊物的名称就叫《抗战文艺》，但萧红坦率地表示异议："这个名字太一般了，现在正是'七七事变'，为什么不叫《七月》呢？用'七月'做抗战文艺活动的开始多好啊！"大家一听，纷纷认可，于是，《七月》的刊名就正式定了下来；刊名"七月"两个字系采集鲁迅的手迹，主编胡风，大家义务投稿，暂无报酬。

《七月》在勉强维持了三期之后，战局吃紧，上海眼看要沦为孤岛，文化人等也不得不考虑自己何去何从。当时情况下，他们大致有以下几种选择：一是留在"孤岛"（租界）；一是撤离到大后方；还有部分人员去往延安或参加新四军。胡风要去武汉继续办《七月》，他邀请两萧等人一同前去。1937年9月28日，萧红、萧军同部分文艺工作者一道撤离上海。他们从上海西站（当时叫梵皇渡车站）上车，沿沪杭线到嘉兴，从嘉兴再到南京，在那里等候几天之后，挤上了一艘拥挤不堪的破旧客轮。10月10日抵达汉口。

小生命和战士

"你看那兵士腰间的刀子，总有点凶残的意味，可是他也爱那么小的孩子。"我这样小声地把嘴唇接近着L的耳边。

其实渡轮正在进行中的声音，也绝对使那兵士不会听到我的话语的。

其中第一个被我注意的，不是那个抱着孩子的，而是另外的一个，他一走上来，就停在船栏的旁边。他那么小，使我立刻想到了小老鼠。两颊从颧骨以下是完全陷下来的，因此嘴有点突出。耳朵在帽子的边下，显得贫薄和孤独，和那过大的帽遮一样，对于他都起着一种不配称的感觉。从帽遮我一直望到他黑色的胶底鞋，左手上受了伤，被一条挂在颈间的白布带吊在胸前，他穿着特为伤兵们赶制的过大的棉背心，而这件棉背心就把他装饰成一只小甲虫似的站在那里。等另外两个兵士走近前来的时候，他就让开了。

这两个之中的一个，在我看来是个军官，他并不怎样瘦，有点高大，他受伤的也是左手，同样被一只带子吊在胸前。在他慢慢地踱着的时候，那黑色皮鞋的后半部不时地被黄呢裤的边口埋没着。当他同另外的一个讲话的时候，那空着的，垂在左肩的军中黄呢上衣的袖子，显得过于多余地在摆荡——

因为他隔一会就要抬一抬左肩的缘故。

我所说的挂着刀的兵士，始终没有给我看到他的正面，因为那受伤的军官和他谈话总是对立着，我所能看到的是他脚上的刺刀针，腰间的短刀，他的腰和肩都宽而且圆。那在怀中的孩子时时想要哭，于是他很小心地摇着他，把那包着孩子的军外套隔一会儿拉一拉，或是包紧一点。

不知为什么，我看他好象无论怎样也不能完全忘掉他腰边的短刀，孩子一安静下来，他的左手总是反背过来压在刀柄上。

渡轮走近一个停在江心的货船旁边的时候，因为那船完全熄了灯火，所以好象一座小城似的黑黑地睡在江心上，起重机上还有一个大皮囊似的东西高悬着。

我是背着锅炉站着的，背后的温暖已经增加到不能忍耐的程度，所以我稍稍离开一点，可是我的背后仍接近着温暖，而我的胸前却向着寒凉的江水。

那军官的烟火照红了他过高的鼻子，而后轻轻地好象从指尖上把它一弹，那烟火就掠过了船栏而向着月下的江水奔去了。

我一转身就看到了那第一个被我注意的伤兵就站在我的旁边，似乎在这船上并没有他的同伴，他带着衰弱或疲乏的样子在望着江水。他好象在寻找什么，也好象他要细听一听什么，或者不是，或者他的心思完全系在那只吊在胸前的左手上。

前边就是黄鹤楼，在停船之前，人们有的从座位上站起来，有的在移动着，船身和码头所激起来的水声，很响的在击撞着。即使那士兵的短刀的环子碰击得再响亮一点，我也不能听到，只有想象着：那紧贴在兵士胸前的孩子的心跳和那兵士的心跳，是不是他们彼此能够听到？

（原载1937年11月1日武汉《七月》第1卷第2期）

1938年，萧红（右）与梅志（左）在武昌

1938

武汉的生活并不平静，1937年10月至1938年1月，萧红与萧军先是住在武昌小金龙巷25号诗人蒋锡金的寓所，随后不久端木蕻良也搬到此地居住。胡风在《忆萧红》中回忆："尤其是萧红，我觉得她坦率、真诚，还未脱离女学生气，头上扎着两条小辫，衣着朴素。脚上穿的是球鞋呢。没有当时上海滩姑娘那种装腔作势之态。"这段期间，萧红除继续创作，主要是参与《七月》举办的各种活动。

1月间，应李公朴之邀，萧红、萧军、艾青、田间、端木蕻良、聂绀弩、塞克一行离开武汉去山西临汾民族革命大学任教，萧红任该校文艺指导。2月间，日军逼近临汾，民族革命大学决定撤至乡宁。萧军因不愿与端木蕻良一道，决定留下和学校师生一道撤往乡宁，萧红不愿意跟萧军留下，随端木蕻良等参加丁玲领导的西北战士服务团乘火车去西安。到达西安后，萧红住进八路军办事处七贤社，并发觉自己有了身孕。不久，萧军在延安遇到去延安办事的丁玲和聂绀弩，随丁、聂来到西安。萧红提出与萧军分手。萧军要求萧红分娩后再分开，萧红不同意，萧军只好答应。从此两人分道扬镳。

关于此事，有多方的说法，一说萧军当时察觉到萧红的感情天平已倾向端木，故此不愿与之同行，"左联"时期作家梅志先生在其所著《胡风传》写道："萧红和胡风在花园的蔷薇架下坐着，谈着他们的情况，端木可只在远处看着。其实，他们的情况，没去临汾时，胡风就已看出了一些苗头。萧军是硬汉子，没有说穿，只对胡风说，萧红和端木蕻良都想离开武汉。既然同萧军不能共同生活，离开也好，萧红的叙说，和端木那份冷淡的以胜利者自居的样儿，胡风心里很不是滋味，并且为萧红感到委屈。但事已至此，没什么好说的了。"

另外，端木蕻良侄子曹革成先生的《我的婶婶萧红》将二萧西安最终分手的原因，归结于所谓从延安"又传来另外一些消息"——即暗指丁玲抵达延安后即与不期而遇的萧军相恋"定终身"而致。

事情的真相恐怕已无从查考，时隔多年，当事人或多或少都对当年的事情有所隐藏，然而感情的忠与叛，究不是外人所能说清的。多年后丁玲不无怜悯地回忆"当萧红和我认识的时候，是在春初，那时山西还很冷，很久生活在军旅之中，习惯于粗旷的我，骤睹着她的苍白的脸，紧紧闭着的嘴唇，敏捷的动作和神经质的笑声，使我觉得很特别，而唤起许多回忆，但她的说话是很自然而真率的。我很奇怪作为一个作家的她，为什么会那样少于世故？大概女人都容易保有纯洁和幻想，或者也就同时显得有些稚嫩和软弱的缘故吧。"（丁玲《风雨中忆萧红》，载1942年第5期《谷雨》）

1938年4月初，萧红不顾丁玲的婉留和劝阻，跟端木蕻良回到武汉，再次住进小金龙巷21号。就在这篇《无题》写完的第二天，萧红与端木蕻良在汉口大同饭店结婚，这也是萧红唯一一次婚姻。

无 题

　　早晨一起来我就晓得我是住在湖边上了。

　　我对于这在雨天里的湖的感觉，虽然生疏，但并不象南方的朋友们到了北方，对于北方的风沙的迷漫，空气的干燥，大地的旷荡所起的那么不可动摇的厌恶和恐惧。由之于厌恶和恐惧，他们对于北方反而讴歌起来了。

　　沙土迷了他们的眼睛的时候，他们说："伟大的风沙啊！"黄河地带的土层遮漫了他们的视野的时候，他们说那是无边的使他们不能相信那也是大地。迎着风走去，大风塞住他们的呼吸的时候，他们说："这……这……这……"他们说不出来了，北方对于他们的讴歌也伟大到不能够容许了。

　　但，风一停住，他们的眼睛能够睁开的时候，他们仍旧是看，而嘴也就仍旧是说。

　　有一次我忽然感到是被侮辱着了，那位一路上对大风讴歌的朋友，一边擦着被风沙伤痛了的眼睛一边问着我：

　　"你们家乡那边就终年这样？"

　　"那里！那里！我们那边冬天是白雪，夏天是云、雨、蓝天和绿树……只是春天有几次大风，因为大风是季节的症候，所以人们也爱它。"是往山西去的路上，我就指着火车外边所有的黄土层："在我们家乡那边都是平原，夏天是青的，冬天是白的，春天大地被太阳蒸发着，好象冒烟一样从冬天活过来了，而秋天收割。"

而我看他似乎不很注意听的样子。

"东北还有不被采伐的煤矿，还有大森林……所以日本人……"

"唔！唔！"他完全没有注意听，他的拜佩完全是对着风沙和黄土。

我想这对于北方的讴歌就象对于原始的大兽的讴歌一样。

在西安和八路军残废兵是同院住着，所以朝夕所看到的都是他们。有一天我看到一个残废的女兵，我就向别人问："也是战斗员吗？"

那回答我的人也非常含混，他说也许是战斗员，也许是女救护员，也说不定。

等我再看那腋下支着两根木棍，同时摆荡着一只空裤管的女人的时候，但是看不见了，她被一堵墙遮没住，留给我的只是那两根使她每走一步，那两肩不得安宁的新从木匠手里制作出来的白白木棍。

我面向着日本帝国主义，我要讴歌了！就象南方的朋友们去到了北方，对于那终年走在风沙里的瘦驴子，由于同情而要讴歌她了。

但这只是一刻的心情，对于野蛮的东西所遗留下来的痕迹，憎恶在我是会破坏了我的艺术的心意的。

那女兵将来也要作母亲的，孩子若问她："妈妈为什么你少了一条腿呢？"妈妈回答是日本帝国主义给切断的。

作为一个母亲，当孩子指问到她的残缺点的时候，无管这残缺是光荣过，还是耻辱过，对于作母亲的都一齐会成为灼伤的。

被合理所影响的事物，人们认为是没有力量的（弱的）或者也就被说成生命力已经被损害了的（所谓生命力不强的）。比方屠介涅夫在作家里面，人们一提到他：好是好的，但，但……但怎么样呢？我就看到过很多对屠介涅夫摇头的人，这摇头是为什么呢？不能无所因。久了，同时也因为我对摇头的人过于琢磨的缘故，默默之中感到了，并且在我的灵感达到最高潮的时候，也就无恐惧起来，我就替摇头者们嚷着说："他的生命力不强！"

屠介涅夫是合理的，幽美的，宁静的，正路的，他是从灵魂而后走到本能的作家。和他走同一道路的，还有法国的罗曼·罗兰。

别的作家们他们则不同，他们暴乱、邪狂、破碎，他们是先从本能出发（或者一切从本能出发）而后走到灵魂。有慢慢走到灵魂的，也有永久走不到灵魂的，那永久走不到灵魂的，他就永久站在他的本能上喊着："我的生命力强啊！我的生命力强啊！"

但不要听错了，这可并不是他自己对自己的惋惜，一方面是在骄傲着生命力弱的，另一面是在招呼那些尚在向灵魂出发的在半途上感到吃力，正停在树下冒汗的朋友们。

听他这一招呼，可见生命力强的也是孤独的。于是我这佩服之感也就不完整了。

偏偏给我看到的生命力顶强的是日本帝国主义。人家都说日本帝国主义野蛮，是兽类，是爬虫类，是没有血液的东西。完全荒毛的呀！所以这南方上的风景，看起来是比北方的风沙愉快的。

同时那位南方的朋友对于北方的讴歌，我也并不是讽刺他。去把捉完全隔离的东西，不管谁，大概都被吓住的。我对于南方的鉴赏，因为我已经住了几年的缘故，初来到南方也是不可能。

———1938.5.15

（原载1938年5月16日武汉《七月》第3卷第2期）

1939

萧红在武汉以及生命最后的部分时间里，都是与端木共同度过的，也是为后人所诟病最多的，纵观端木其人，按照钟耀群当年的回忆："那时，端木上身穿着皮夹克，下身穿灯芯绒马裤，高筒马靴，这是他从小就爱好的打扮，在一群流亡青年中，这种洋打扮，还是会引来一些非议。"显然这种我行我素的风格让端木很难融入所在的文人群体，锡金、张梅林、胡风、梅志等日后撰文对端木都难有好印象。

当端木搬到小金龙巷后，却毫无疑问地进入了二萧的日常生活，以及他们那原本就有深刻裂痕的情感世界。当萧红与萧军发生争执时，萧红常常得到端木的支持与认同，"但这次却不同了，她有了援手，萧红发现了一个仰慕她而且可以保护她的人"（葛浩文《萧红新传》）。而萧红这种小孩脾气的人最渴望的就是认同。

日子一天天的过去，让世人诟病最多的事也随之而来，就是端木与二萧挤睡在一张大床上，然而无论端木还是蒋锡金，几十年后忆及当年睡觉的情形，都觉心底并无他念。试想若真有什么，以萧军行伍出身的脾气，绝不会与端木相安无事，事实上，这与他们三人都是东北人有关。在旧东北乡下，一家老幼不避男女同睡一炕极为平常，并没有什么扭捏。后来辗转西北的二萧与丁玲亦同睡一炕。

端木晚年接受葛浩文访谈，谈及两人时，他只觉得

"萧红的见解、情感和我还接近，与萧军就越来越远，好象语言也不相通"。因此有人猜测在离开武汉去临汾之前，萧红已经找到了精神支持和情感归依，只是对端木没有明确表白而已。对此，萧军自然也很清楚，只是他对萧红所坚持的原则，正如日后对聂绀弩所说的那样"决不先抛弃"。机会很快来了，在临汾火车站的分别，实际是心照不宣地分手。

端木顺势进入萧红的生活，尽管在西安，萧红与端木的接近遭到了聂绀弩等的排斥和提醒，但是，萧红事实上早已有了自己看法和立场。面对朋友们的担心和提醒，她虽然也给端木诸如"胆小鬼、势利鬼，装腔作势"等负面评价，但这可能是萧红在萧军朋友们面前的违心之语。

1938年4月初，萧军跟随丁玲、聂绀弩来到西安，然而萧军的出现让萧红和端木都有些尴尬。随后萧红就迫不及待地当众貌似轻松地明确提出："三郎——我们永远分开罢！"就这样，端木与萧红顺利走到了一起，返回武汉。

端木与萧红的日子在后来饱受战乱之苦和情感折磨，我们无权评价别人的情感世界，萧红作为一个作家，她的心始终都是热的，是有温度的，如果一个连自己想要的生活都不敢追求的人，还能实现艺术上的自我超越吗，或许萧红的情感悲剧正源于此吧。

滑竿

1938年夏，萧红在西安

滑 竿

　　黄河边上的驴子，垂着头的，细腿的，穿着自己的破烂的毛皮的，它们划着无边苍老的旷野，如同枯树根又在人间活动了起来。

　　它们的眼睛永远为了遮天的沙土而垂着泪，鼻子的响声永远搅在黄色的大风里，那沙沙地足音，只有在黄昏以后，一切都停息了的时候才能听到。

　　而四川的轿夫，同样会发出那沙沙的足音。下坡路，他们的腿，轻捷得连他们自己也不能够止住，蹒跚地他们控制了这狭小的山路。他们的血液骄傲的跳动着，好象他们停止了呼吸，只听到草鞋触着石级的声音。在山涧中，在流泉中，在烟雾中，在凄惨的飞着细雨的斜坡上，他们喊着：左手！

　　迎面走来的，担着草鞋的担子，背着青菜的孩子，牵着一条黄牛的老头，赶着三个小猪的女人，他们也都为着这下山的轿子让开路。因为他们走得快，就像流泉一样的，一刻也不能够止息。

　　一到拔坡的时候，他们的脚步声便不响了。迎面遇到来人的时候，他们喊着左手或右手的声音只有粗嘎，而一点也不强烈。因为他们开始喘息，他们的肺叶开始扩张，发出来好象风扇在他们的胸膛里煽起来的声音，那破片做的衣裳在吱吱响的轿子下面，有秩序的向左或向右的摆动。汗珠在头发梢上静静的站着，他们走得当心而出奇的慢，而轿子仍旧象要破碎了似的叫。象是迎着大风向前走，象是海船临靠岸时遇到了潮头一样困难。

他们并不是巨象，却发出来巨象呼喘似的声音。

早晨他们吃了一碗四个大铜板一碗的面，晚上再吃一碗，一天八个大铜板。甚或有一天不吃什么的，只要抽一点鸦片就可以。所以瘦弱苍白，有的像化石人似的，还有点透明。若让他们自己支持着自己都有点奇怪，他们随时要倒下来的样子。

可是来往上下山的人，却担在他们的肩上。

有一次我偶尔和他们谈起做爆竹的方法来，其中的一个轿夫，不但晓得做爆竹的方法，还晓得做枪药的方法。他说用破军衣，破棉花，破军帽，加上火硝，硫黄，就可以做枪药。他还怕我不明白枪药。他又说：

"那就是做子弹。"

我就问他：

"你怎么晓得做子弹？"

他说他打过贺龙，在湖南。

"你那时候是当官吗？当兵吗？"

他说他当兵，还当过班长。打了两年。后来他问我：

"你晓得共党吗？打贺龙就是打共党。"

"我听说。"接着我问他："你知道现在的共党已经编了八路军吗？"

"呵！这我还不知道。"

"也是打日本。"

"对呀！国家到了危难的时候，还自己打什么呢？一齐枪口对外。"他想了一下的样子，"也是归蒋委员长领导吗？"

"是的。"

这时候，前边的那个轿夫一声不响。轿杆在肩上，一会儿换换左手，一会儿又换换右手。

后边的就接连着发了议论：

"小日本不可怕，就怕心不齐。中国人心齐，他就治不了。前几天飞机来炸，炸在朝天门。那好做啥子呀！飞机炸就占了中国？我们可不能讲和，讲和就白亡了国。日本人坏呀！日本人狠哪！报纸上去年没少画他们杀中国人的图。我们中国人抓住他们的俘虏，一律优待。可是说日本人也不都坏，说是不当兵不行，抓上船就载到中国来……"

"是的……老百姓也和中国老百姓一样好。就是日本军阀坏……"我回答他。

就快走上高坡了，一过了前边的石板桥，隔着这一个山头又看到另外的一个山头。云烟从那个山慢慢的沉落下来，沉落到山腰了，仍旧往下沉落，一道深灰色的，一道浅灰色的，大团的游丝似的缚着山腰。我的轿子要绕过那个有云烟的尖顶的山。两个轿夫都开始吃力了。我能够听得见的，是后边的这一个，喘息的声音又开始了。我一听到他的声音，就想起海上在呼喘着的活着的蛤蟆。因为他的声音就带着起伏、扩张、呼煽的感觉。他们脚下刷刷的声音，这时候没有了。伴着呼喘的是轿杆的竹子的鸣叫。坐在轿子上的人，随着他们沉重的脚步的起伏在一升一落的。在那么多的石级上，若有一个石级不留心踏滑了，连人带轿子要一齐滚下山涧去。

因为山上的路只有二尺多宽，遇到迎面而来的轿子，往往是彼此摩擦着走过。假若摩擦得厉害一点，谁若靠着山涧的一面，谁就要滚下山涧去。山峰在前边那么高，高得插进云霄似的。山壁有的地方挂着一条小小的流泉，这流泉从山顶上一直挂到深涧中。再从涧底流到另一面天地去，就是说，从山的这面又流到山的那面去了。同时流泉们发着唧铃铃的声音。山风阴森的浸着人的皮肤。这时候，真有点害怕，可是转头一看，在山涧的边上都挂着人，在乱草中，耙子的声音刷刷地响着。原来是女人和小孩子在集着野柴。

后边的轿夫说：

"共党编成了八路军，这我还不知道。整天忙生活……连报纸也不常看（他说过他在军队常看报纸）……整天忙生活对于国家就疏忽了……"

正是拔坡的时候，他的话和轿杆的声响搅在了一起。

对于滑竿，我想他俩的肩膀，本来是肩不起的，但也肩起了。本来不应该担在他们的肩上的，但他们也担起了。而在担不起时，他们就抽起大烟来担。所以我总以为抬着我的不是两个人，而象轻飘飘的两盏烟灯。在重庆的交通运转却是掌握在他们的肩膀上的，就如黄河北的驴子，垂着头的，细腿的，使马看不起的驴子，也转运着国家的军粮。

——1939，春，歌乐山。

（收入散文集《萧红散文》1940年重庆大时代书局初版）

1938年夏，萧红与端木蕻良在西安

1939

民国27年7月26日，日军攻占九江，进逼武汉，端木蕻良为着当战地记者的梦想先行去往重庆，将怀有身孕的萧红独自一人留在了武汉，托付他人照顾。随后日军开始轰炸，已近临产的萧红迁到文协住地，与冯乃超夫妇、鹿地亘夫妇等为伴。"武昌大轰炸的第二天，我的家里增加了几位从武昌来的客人。萧红和声韵（冯乃超夫人）也在这天带着她们简单的行囊来了。……由于船票非常难买，萧红和声韵只好暂时安心的住了下来。客厅里萧红不肯住，她独自在一间小过道屋里搭了地铺住下来。餐后，往往是闲谈，萧红独自吸着烟，她非常健谈，常常谈到她的许多计划和幻想。'人须要为着一种理想而生活着。'她使烟雾漫在自己的面前，好象有着一种神秘的憧憬，增加着她的幻想。'即使是日常生活上的很琐细的小事，也应该有理想。'还是她自己说下去。"（《罗荪《忆萧红》，载《最后的旗帜》，1943年重庆当今出版社）

9月中旬，萧红离开武汉前往重庆，寻找端木蕻良。"9月中旬，她才自己一个人冒着危险到重庆来。她说：'我总是一个人走路，以前在东北，到了上海后去日本，从日本回来，现在的到重庆，都是我自己一个人走路。我好象命定要一个人走路似的。'……"（梅林《忆萧红》）

萧红到重庆后，起初住在端木蕻良南开同学范士荣家，而此时端木蕻良刚在复旦大学新闻系找到一份教职，同时又与章靳以合编《文摘战时旬刊》的文艺副刊，根本无暇顾及萧红，故此萧红又独自一人投奔四川江津县老友白朗。在白朗家，萧红生下一男婴，当即夭折。

著名女作家、哈尔滨时期与萧红共同从事地下反满抗日宣传活动的好友白朗在其《遥祭》（刊1942年5月延安《谷雨》）一文中追忆了这段往事："我们有幸又在一起生活一个较长的时期（指萧红临产前在江津白朗家等待生产）。虽然整天住在一个小房子里，红却从来不向我说起和军分开以后的生活和情绪。一切都隐藏在她自己的心里，对着一向推心置腹的故友也竟不吐真情了。似乎有着不愿告人的隐痛在折磨她的感情，不然，为什么连她的欢笑也使人感到是一种忧愁的伪装呢？她变得是那样暴躁易怒，有两三次为了一点小事，竟例外地跟我发起脾气，直到她理智恢复，发觉我不是报复的对象时，才慢慢沉默下去。……这一切，在我看来都是反常的。……无疑的，她和军的分开是无可医治的创痛了。她不愿意讲，我也不忍心去触她的隐痛，直到我们最后握别时（这里指的是萧红生下孩子恢复体力后从江津搬出返回重庆那一天），她才凄然地对我说"莉，我愿你永远幸福。"1939年1月间，她从江津返回重庆，先与日本进步作家绿川英子、池田幸子同住在米花街1号，3月间，迁至歌乐山去住。

1938年4月9日，胡风等人在武昌小朝街金家花园
左起：鹿地亘、池田幸子、张竹茹、胡风、艾青、沙雁

放火者①

　　从5月1号那天起，重庆就动了，在这个月份里，我们要纪念好几个日子，所以街上有多少人在游行，他们还准备着在夜里火炬游行。街上的人带着民族的信心，排成大队行列沉静地走着。

　　"五三"的中午日本飞机26架飞到重庆的上空，在人口最稠密的街道上投下燃烧弹和炸弹，那一天就有三条街起了带着硫黄气的火焰。

　　"五四"的那天，日本飞机又带了多量的炸弹，投到他们上次没有完全毁掉的街上和上次没可能毁掉的街道上。

　　大火的十天以后，那些断墙之下，瓦砾堆中仍冒着烟。人们走在街上用手帕掩着鼻子或者挂着口罩，因为有一种奇怪的气味满街散布着。那怪味并不十分浓厚，但随时都觉得吸得到。似乎每人都用过于细微的嗅觉存心嗅到那说不出的气味似的，就在十天以后发掘的人们，还在深厚的灰烬里寻出尸体来。断墙笔直的站着，在一群瓦砾当中，只有它那么高而又那么完整。设法拆掉它，拉倒它，但它站得非常坚强。段牌坊就站着这断墙，很远就可以听到几十人在喊着，好象拉着帆船的纤绳，又象抬着重物。

　　"唉呀……喔呵……唉呀……喔呵……"

　　走近了看到那里站着一队兵士，穿着绿色的衣裳，腰间挂着他

---

①1939年5月3日和4日，日本战机轰炸重庆市区。端木蕻良给《文艺阵地》去信，报告大轰炸惨剧。12日前后萧红来到市区，目睹轰炸现场。写成此文。

们喝水的瓷杯，他们象出发到前线上去差不多。但他们手里挽着绳子的另一端系在离他们很远的单独的五六丈高站着一动也不动的那断墙处。他们喊着口号一起拉它不倒，连歪斜也不歪斜，它坚强地站着。步行的人停下了，车子走慢了，走过去的人回头了，用一种坚强的眼光，人们看住了它。

被那声音招引着，我也回过头去看它，可是它不倒，连动也不动。我就看到了这大瓦砾场的近边，那高坡上仍旧站着被烤干了的小树。有谁能够认得出那是什么树，完全脱掉了叶子，并且变了颜色，好象是用赭色的石头雕成的。靠着小树那一排房子窗上的玻璃掉了，只有三五块碎片，在夕阳中闪着金光。走廊的门开着，一切可以看得到，门帘扯掉了，墙上的镜框在斜垂着。显然在不久之前，他们是在这儿好好地生活着，那墙壁日历上还露着四号的"四"字。

街道是哑默的，一切店铺关了门，在黑大的门扇上贴着白帖或红帖，上面坐着一个苍白着脸色的恐吓的人，用水盆子在洗刷着弄脏了的胶皮鞋、汗背心……毛巾之类，这些东西是从火中抢救出来的。

被炸过了的街道，飞尘卷着白沫扫着稀少的行人，行人挂着口罩，或用帕子掩着鼻子。街是哑然的，许多人生存的街毁掉了，生活秩序被破坏了，饭馆关了门。

大瓦砾场一个接着一个，前边是一群人在拉着断墙，这使人一看上去就要低了头。无论你心胸怎样宽大，但你的心不能不跳，因为那摆在你面前的是荒凉的，是横遭不测的，千百个母亲和小孩子是吼叫着的，哭号着的，他们嫩弱的生命在火里边挣扎着，生命和火在斗争。但最后生命给谋杀了。那曾经狂喊过的母亲的嘴，曾经乱舞过的父亲的胳膊，曾经发疯对着火的祖母的眼睛，曾经依然偎在妈妈怀里吃乳的婴儿，这些最后都被火给杀死了。孩子和母亲，祖父和孙儿，猫和狗，都同他们凉台上的花盆一道倒在火里了。这倒下来的全家，他们没有一个是战斗员。

　　白洋铁壶成串地扔在那烧了一半的房子里挂着，显然是一家洋铁制器店被毁了。洋铁店的后边，单独一座三楼三底的房子站着，它两边都倒下去了，只有它还歪歪趔趔的支持着，楼梯分做好几段自己躺下去了，横睡在楼脚上。窗子整张的没有了，门扇也看不见了，墙壁穿着大洞，像被打破了腹部的人那样可怕的奇怪的站着。但那摆在二楼的木床，仍旧摆着，白色的床单还随着风飘着那只巾角，就在这二十个方丈大的火场上同时也有绳子在拉着一道断墙。

　　就在这火场的气味还没有停息，瓦砾还会烫手的时候，坐着飞机放火的日本人又要来了，这一天是5月12号。

　　警报的笛子到处叫起，不论大街或深巷，不论听得到的听不到的，不论加以防备的或是没有知觉的都卷在这声浪里了。

　　那拉不倒的断墙也放手了，前一刻在街上走着的那一些行人，现在狂乱了，发疯了，开始跑了，开始喘着，还有拉着孩子的，还有拉着女人的，还有脸色变白的。街上象来了狂风一样，尘土都被这惊慌的人群带着声响卷起来了，沿街响着关窗和锁门的声音，街上什么也看不到，只看到跑。我想疯狂的日本法西斯刽子手们若看见这一刻的时候，他们一定会满足的吧，他们是何等可以骄傲呵，他们可以看见……

　　十几分钟之后，都安定下来了，该进防空洞的进去了，躲在墙根下的躲稳了。第二次警报（紧急警报）发了。

　　听得到一点声音，而越听越大。我就坐在公园石阶铁狮子附近，这铁狮子旁边坐着好几个老头，大概他们没有力气挤进防空洞去，而又跑也跑不远的缘故。

飞机的响声大起来，就有一个老头招呼着我：

"这边……到铁狮子下边来……"这话他并没有说，我想他是这个意思，因为他向我招手。

为了呼应他的亲切我去了，蹲在他的旁边。后边高坡上的树，那树叶遮着头顶的天空，致使想看飞机不大方便，但在树叶的空间看到飞机了，六架，六架。飞来飞去总是六架，不知道为什么高射炮也未发，也不投弹。

穿蓝布衣裳的老头问我："看见了吗？几架？"

我说："六架"。

"向我们这边飞……"

"不，离我们很远。"

我说瞎话，我知道他很害怕，因为他刚说过了："我们坐在这儿的都是善人，看面色没有做过恶事，我们良心都是正的……死不了的。"

大批的飞机在头上飞过了，那里三架三架的集着小堆，这些小堆在空中横排着，飞得不算顶高，一共四十几架。高射炮一串一串的发着，红色和黄色的火球象一条长绳似的扯在公园的上空。

那老头向着另外的人而又向我说：

"看面色，我们都是没有做过恶的人，不带恶象，我们不会死……"

说着他就伏在地上了，他看不见飞机，他说他老了。大概他只能看见高射炮的连串的火球。

飞机象是低飞了似的，那声音沉重了，压下来了。守卫的宪兵喊了一声口令："卧倒。"他自己也就挂着枪伏在水池子旁边了。四边的火光蹿起来，有沉重的爆击声，人们看见半天是红光。

公园在这一天并没有落弹。在两个钟头之后，我们离开公园的铁狮子，那个老头悲惨的向我点头，而且和我说了很多话。

下一次，5月25号那天，中央公园便炸了。水池子旁边连铁狮子都被炸碎了。在弹花飞溅时，那是混合着人的肢体，人的血，人的脑浆。这小小的公园，死了多少人？我不愿说出它的数目来，但我必须说出它的数目来：死伤×××人，而重庆在这一天，有多少人从此不会听见解除警报的声音了……

（该篇作于1939年6月19日，题名为《轰炸前后》，先后发表在是年7月《文摘》（战时旬刊）第51、52、53合刊号和8月20日出版的《鲁迅风》第8期上，经作者修改后，改为《放火者》，收录在《萧红散文》里。）

1940

　　民国28年6月间，萧红离开歌乐山居所与端木
蕻良在黄桷树复旦大学文学院正式同居，
随后日本战机轰炸北碚，复旦大学遭受严重破坏。萧红
日夜不得休息，精神紧张，体力日渐不支。孙寒冰又
邀请端木蕻良为香港大时代书局主编一套"大时代文艺
丛书"。萧红夫妇决定去香港。这篇《茶食店》记述的
是她和端木在重庆的最后一段日子，多年后，绿川英子
在重庆《新华日报》上发表《忆萧红》："后来萧红离
开我们和端木去过新生活了。不幸，正如我所担心的，
这并没有成为她新生活的第一步。人们就不明白端木为
什么在朋友面前始终否认他和她的结婚。尽管如此，她
对他的从属性却是一天一天加强了。……于是不久之
后，他们就在北碚自囚在只有他们两人的小世界中。专
心创作么？——谁也无从知悉。就有他们谜样的香港
飞行。"

　　1940年1月17日，萧红夫妇乘机离渝，在香港九龙
尖沙咀金巴利道纳士佛台3号安家。香港的生活就此展
开，然而好景不长，萧红式的悲剧再次上演。香港东北
救亡总会的负责人周鲸文，在其《忆萧红》一文中道出
了他的直观素描：

　　"一年的时间，我们得到的一种印象，端木对萧红
不大关心。我们也有种解释：端木虽系男人，还像小孩
子，没有大丈夫气。萧红虽系女人，性情坚强，倒有男

人的气质。所以，我们的结论是：端木与萧红的结合，也许操主动权的是萧红。但这也不是说，端木不聪明，他也有一套软中硬的手法。端木与我们往来较频，但我们在精神上却同情萧红。"

起初萧红非常不适应香港的生活，身体开始渐渐被病痛困扰，"我们虽然住在香港，香港是比重庆舒服得多，房子吃的都不坏，但是天天想回重庆，住在外边，尤其是我，好象是离不开自己的国土的。香港的朋友不多，生活又贵。……我来到了香港，身体不大好，不知为什么，写几天文章，就要病几天。大概是自己体内的精神不对，或者是外边的气候不对。……"（6月24日萧红致西园，即华岗信）。

然而萧红还是留了下来，这一留就再也没有离开过香港。

1939年9月10日，中华全国文艺界抗敌协会北碚联谊会成立合影
前排左起：端木蕻良、方白、王浩之、陈子展、阜东、萧红、靳以、魏猛克、胡风

茶食店

　　黄桷树镇上开了两家茶食店，一家先开的，另一家稍稍晚了两天。第一家的买卖不怎样好，因为那吃饭用的刀叉虽然还是闪光闪亮的外来品，但是别的玩艺不怎样全，就是说比方装胡椒粉那种小瓷狗之类都没有，酱油瓶是到临用的时候，从这张桌又拿到那张桌的乱拿。墙上甚么画也没有，只有一张好似从糖盒子上掀下来的花纸似的那么一张外国美人图，有一尺长不到半尺宽那么大，就用一个图钉钉在墙上的，其余这屋里的装饰还有一棵大芭蕉。

　　这芭蕉第一天是绿的，第二天是黄的，第三天就腐烂了。

　　吃饭的人，第一天彼此说"还不错"，第二天就说苍蝇太多了一点，又过了一两天，人们就对着那白盘子里炸着的两块茄子，翻来覆去的看，用刀尖割一下，用叉子去叉一下。

　　"这是甚么东西呢，两块茄子，两块洋山芋，这也算是一个菜吗？就这玩艺也要四角五分钱？真是天晓得。"

　　这西餐馆只开了三五日，镇上的人都感到不大满意了。

　　这二家一开，那些镇上的从城里躲轰炸而来住在此地的人和一些设在这镇上学校或别的办公厅的一些职员，当天的晚饭就在这里吃的。

　　盘子、碗、桌布、茶杯、糖罐、酱醋瓶、连装烟灰的瓷碟，都聚了三四个人在那里抢着看，……这家与那家的确不同，是里外两间屋，厨房在甚么地方，使人看不见，煎菜的油烟也闻不到，墙上挂着两张画像是老板自己画的，看起来老板颇懂艺术……并且刚一开业，就开了留声机，这留声机已经好几个月没有听过了。从"五四"轰炸起，人们来到了这镇上，过的就是乡下人的生活。这回一听好象这留声机非常好，唱片也好象是全新的，声音特别清楚。

一个汤上来了，"不错，真是味道……"

第二个是猪排，这猪排和木片似的，有的人就你看看我，我看看你，想要对这猪排讲点坏话。可是那唱着的是一个外国歌，很愉快，那调子带了不少高低的转弯，好象从来也未听过似的那样好听，所以便对这硬的味道也没的猪排，大家也就吃下去了。

奶油和冰淇淋似的，又甜又凉，涂在面包上，很有一种清凉的气味，好象涂的是果子酱；那面包拿在手里不用动手去撕就往下掉着碎末，象用锯末做的似的。大概是和利华药皂放在一起运来的，但也还好吃，因为它终究是面包，终究不是别的甚么馒头之类呀！

坐在这茶食店的里间里，那张长桌一端上的主人，从小白盘子里拿起账单看了一看。

共统请了八位客人，才八块多钱。

"这不多。"他说，从口袋里取出十元票子来。

别人把眼睛转过去，也说：

"这不多……不算贵。"

临出来时，推开门，还有一个顶愿意对甚东西都估价的，还回头看了看那摆在门口的痰盂。他说："这家到底不错，就这一只痰盂吧，也要十几块钱。"（其实就是上海卖八角钱一个的）

这一次晚餐，一个主人和他的七八个客人都没吃饱，但彼此都不发表，都说：

"明天见，明天见。"

他们大家各自走散开了，一边走着一边有人从喉管往上冲着利华皂的气味，但是他们想："这不贵的，这倒不是西餐吗！"而且那屋子多么像个西餐的样子，墙上有两张外国画，还有瓷痰盂，还有玻璃杯，那先开的那家还成吗？还像样子吗？那买卖还成吗？

他们脑筋闹得很忙乱回家去了。

——1939.8.28

（原载于1939年10月2日香港《星岛日报》副刊《星座》第419号）

1941

民国38年上半年的萧红虽然偶有病痛，但过的还算充实，与端木共同参加了香港文协的文艺讲习会，长篇小说《马伯乐》开始连载，阅读《中国民族解放运动史》第二部，等等；4月间，美国进步女作家史沫特莱从大陆返国途经香港，得知萧红在港，特意跑到九龙去看望萧红，劝她到医院去检查医治，并说日本早晚会进攻香港，劝她赶紧离开香港到新加坡去。萧红曾将史氏的建议转告茅盾夫妇，但由于茅盾在港有事，萧红终因没有找到可靠的同伴而未成行。随后萧红病情加重，史氏通过香港政府医务总监夫人的关系，使萧红住进香港最大的公立医院——玛丽医院。

"星加坡终于没有去成，萧红不久就病了，她进了玛丽医院，在医院里她自然更其寂寞了，然而她求生的意志非常强烈，她希望病好，她忍着寂寞住在医院，她的病相当复杂，而大夫也荒唐透顶，等到诊断明白是肺病的时候就宣告已经无可救药。可是萧红自信能活。甚至在香港战争爆发以后，夹在死于炮火和死于病二者之间的她，还是更怕前者，不过，心境的寂寞，仍然是对于她的最大威胁。"（茅盾《呼兰河传·序》）

这期间东北抗日救亡总会会长周鲸文慷慨解囊，答应萧红住院的一切费用均由他负担，端木和萧红的写作收入，在平时是可以过得去，虽不充裕，但也足用。但一有病、住院、医药等的开销，就不是他们平时的收入

负担得了。（周鲸文《忆萧红》）

为了纪念"九一八"十周年，萧红抱病写了最后两篇文章《寄流亡异地的东北同胞书》与《九一八致弟弟》，发出了对家乡、亲人的眷念和收复失土的愿望。

11月中旬因肺结核入玛丽医院，因受不了医院不准看书写字的规定和医护人员的冷漠态度，不久便离开医院回到家中。

日军偷袭珍珠港后，太平洋战争爆发后，九龙陷入炮火之中。1941年12月9日凌晨，端木蕻良和骆宾基将萧红从九龙转移到香港，住进香港思豪大酒店五楼的一间客房。端木蕻良将萧红丢给骆宾基，与翌日同其他人一道突围去新加坡。萧红对此心知肚明，然后这种悲痛谁又能理解呢。"他（端木蕻良）从今天起，就不来了，他已经和我说了告别的话。我不是已经说的很清楚么？我要回到伪满去，你的责任是送到上海，你不是要去青岛么？送我到许广平先生那里去，你就算是对我给了很大的恩惠。我不会忘记。有一天，我还会健健康康的出来。我还有《呼兰河传》的第二部要写……"（摘自骆宾基《萧红小传》）"

未几，思豪大酒店遭日军轰炸，骆宾基将萧红迁到皇后道一所民宅，然后又迁至周鲸文的"时代书店"的职工宿舍去。萧红病情加剧，身边只有骆宾基一个人。

1940年1月，萧红在重庆北碚

给流亡异地的东北同胞书

沦落在异地的东北同胞们：

当每个中秋的月亮快圆的时候，我们的心总被悲哀装满。想起高粱油绿的叶子，想起白发的母亲或幼年的亲眷。

他们的希望曾随着秋天的满月，在幻想中赊欠了十次。每次都是月亮如期的圆了，而你们的希望却随着高粱的叶子萎落。但是，自从"八一三"之后，上海的炮火响了，中国政府的积极抗战揭开，成了习惯的愁惨的日子，却在炮火的交响里，焕成了鼓动，兴奋和感激。这时，你们一定也流泪了，这是鼓舞的泪，兴奋的泪，感激的泪。

记得抗战以后，第一个可欢笑的"九一八"是怎样纪念的呢？

中国飞行员在这天作了突击的工作。他们对于出云舰的袭击作了出色的成绩。

那夜里，江面上的日本神经质的高射炮手，浪费地惊恐地射着炮弹，用红色的、绿色的、淡蓝色的炮弹把天空染红了。但是我们的飞行员，仍然以精确的技术和沉毅的态度（他们有好多是东北的飞行员）来攻击这摧毁文化、摧残和平的法西斯魔手。几百万的市民都仰起头来寻觅——其实他们什么也看不见的，但他们一定要看，在黑魆魆的天空里，他们看见了我们民族的自信和人类应有的光辉。

第一个煽惑起东北同胞的思想是：

"我们就要回老家了！"

家乡多么好呀，土地是宽阔的，粮食是充足的，有顶黄的金子，有顶亮的煤，鸽子在门楼上飞，鸡在柳树下啼着，马群越着原野而来，黄豆像潮水似的在铁道上翻涌。

人类对着家乡是何等的怀恋呀，黑人对着"迪斯"痛苦的向往；爱尔兰的诗人夏芝一定要回到那"蜂房一窠，菜畦九垄"的"茵尼斯"去不可；水手约翰·曼殊斐尔（英国桂冠诗人）狂热的要回到海上去。

但是等待了十年的东北同胞，十年如一日，我们心的火越着越亮，而且路子显现得越来越清楚。我们知道我们的路，我们知道我们的作战的位置——我们的位置，就是站在别人的前边的那个位置。我们应该是第一个打开门而是最末走进去的人。

抗战到现在已经遭遇到最艰苦的阶段，而且也就是最后胜利接近的阶段。在杰克·伦敦所写的一篇短篇小说上，描写两个拳师在冲击的斗争里，只系于最后的一拳。而那个可怜的老拳师，所以失败了的原因，也只在少吃了一块"牛扒"。假如事先他能吃得饱一点，胜利一定是他。中国的胜利已经到了这个最后的阶段，而东北人民在这里是决定的一环。

东北流亡同胞们，我们的地大物博，决定了我们的沉着毅勇，正如敌人的家当使他们急功切进一样。在最后的斗争里，谁打得最沉着，谁就会得胜。

我们应该献身给祖国作前卫工作，就如我们应该把失地收复一样，这是我们的命运。

东北流亡同胞，为了失去的土地上的大豆、高粱，努力吧！为了失去的土地上的年老的母亲，努力吧！为了失去的土地上的痛心的一切的记忆，努力吧！

　　谨此即颂

　　健康

　　（署名萧红，刊于1941年9月1日香港《时代文学》第1卷第4期）

1940年1月，萧红飞往香港前夕，与女友张玉莲在重庆合影

九一八致弟弟

可弟：小战士，你也做了战士了，这是我想不到的。

世事恍恍惚惚的就过了；记得这十年中只有那么一个短促的时间是与你相处的，那时间短到如何程度，现在想起就象连你的面孔还没有来得及记住，而你就去了。

记得当我们都是小孩子的时候，当我离开家的时候，那一天的早晨你还在大门外和一群孩子们玩着，那时你才是十三四岁的孩子，你什么也不懂，你看着我离开家向南大道上奔去，向着那白银似的满铺着雪的无边的大地奔去。你连招呼都不招呼，你恋着玩，对于我的出走，你连看我也不看。

而事隔六七年，你也就长大了，有时写信给我，因为我的漂流不定，信有时收到，有时收不到。但在收到信中我读了之后，竟看不见你，不是因为那信不是你写的，而是在那信里边你所说的话，都不象是你说的。这个不怪你，都只怪我的记忆力顽强，我就总记着，那顽皮的孩子是你，会写了这样的信的，会说了这样的话的，哪能够是你。比方说——

生活在这边，前途是没有希望，等等。

这是什么人给我的信，我看了非常的生疏，又非常的新鲜，但心里边都不表示什么同情，因为我总有一个印象，你晓得什么，你小孩子，所以我回你的信的时候，总是愿意说一些空话，问一问家里的樱桃树这几年结樱桃多少？红玫瑰依旧开花否？或者是看门的大白狗怎样了？关于你的回信，说祖父的坟头上长了一棵小树。在这样的话里，我才体味到这信是弟弟写给我的。

但是没有读过你的几封这样的信，我又走了。越走越离得你远了，从前是离着你千百里远，那以后就是几千里了。

而后你追到我最先住的那地方，去找我，看门的人说，我已不在了。

而后婉转的你又来了信，说为着我在那地方，才转学也到那地方来念书。可是你扑空了。我已经从海上走了。

可弟，我们都是自幼没有见过海的孩子，可是要沿着海往南下去了，海是生疏的，我们怕，但是也就上了海船，飘飘荡荡的，前边没有什么一定的目的，也就往前走了。

那时到海上来的，还没有你们，而我是最初的。我想起来一个笑话，我们小的时候，祖父常讲给我们听，我们本是山东人，我们的曾祖，担着担子逃荒到关东的。而我们又将是那个未来的曾祖了，我们的后代也许会在那里说着，从前他们也有一个曾祖，坐着渔船，逃荒到南方的。

我来到南方，你就不再有信来。一年多又不知道你那方面的情形了。

不知多久，忽然又有信来，是来自东京的，说你是在那边念书了。恰巧那年我也要到东京去看看。立刻我写了一封信给你，你说暑假要回家的，我写信问你，是不是想看看我，我大概七月下旬可到。

我想这一次可以看到你了。这是多么出奇的一个奇遇。因为想也想不到，会在这样一个地方相遇的。

我一到东京就写信给你，你住的是神田町，多少多少番。本来你那地方是很近的，我可以请朋友带了我去找你。但是因为我们已经不是一个国度的人了，姐姐是另一国的人，弟弟又是另一国的人。直接的找你，怕与你有什么不便。信写去了，约的是第三天的下午六点在某某饭馆等我。

那天，我特别穿了一件红衣裳，使你很容易的可以看见我。我五点钟就等在那里，因为我在猜想，你如果来，你一定要早来的。我想你看到了我，你多少喜欢。而我也想到了，假如到了六点钟不来，那大概就是已经不在了。

一直到了六点钟，没有人来，我又多等了一刻钟，我又多等了半点钟，我想或者你有事情会来晚了的。到最后的几分钟，竟想到，大概你来过了，或者已经不认识我，因为始终看不见你，第二天，我想还是到你住的地方看一趟，你那小房是很小的。有一个老婆婆，穿着灰色大袖子衣裳，她说你已经在月初走了，离开了东京了，但你那房子里还下着竹帘子呢。帘子里头静悄悄的，好象你在里边睡午觉的。

半年之后，我还没有回上海，不知怎么的，你又来了信，这信是来自上海的，说你已经到了上海，是到上海找我的。我想这可糟了，又来了一个小吉普赛。这流浪的生活，怕你过不惯，也怕你受不住。但你说，"你可以过得惯，为什么我过不惯。"于是你就在上海住下了。

等我一回到上海，你每天到我的住处来，有时我不在家，你就在楼廊等着，你就睡在楼廊的椅子上，我看见了你的黑黑的人影，我的心里充满了慌乱。我想这些流浪的年轻人，都将流浪到哪里去，常常在街上碰到你们的一伙，你们都是年轻的，都是北方的粗直的青年。内心充满了力量，你们是被逼着来到这人地生疏的地方，你们都怀着万分的勇敢，只有向前，没有回头。但是你们都充满了饥饿，所以每天到处找工作。你们是可怕的一群，在街上落叶似的被秋风卷着，寒冷来的时候，只有弯着腰，抱着膀，打着寒颤。肚里饿着的时候，我猜得到，你们彼此的乱跑，到处看看，谁有可吃的东西。

在这种情形之下，从家跑来的人，还是一天一天的增加，这自然都说是以往，而并非是现在。现在我们已经抗战四年了。在世界上还有谁不知我们中国的英勇，自然而今你们都是战士了。

不过在那时候，因此我就有许多不安。我想将来你到什么地方去，并且做什么？

那时你不知我心里的忧郁，你总是早上来笑着，晚上来笑着。似乎不知道为什么你已经得到了无限的安慰了。似乎是你所存在的地方，已经绝对的安然了，进到我屋子来，看到可吃的就吃，看到书就翻，累了，躺在床上就休息。

你那种傻里傻气的样子，我看了，有的时候，觉得讨厌，有的时候也觉得喜欢，虽是欢喜了，但还是心口不一地说：

"快起来吧，看这么懒。"

不多时就七七事变，很快你就决定了，到西北去，做抗日军去。

你走的那天晚上，满天都是星，就象幼年我们在黄瓜架下捉着虫子的那样的夜，那样黑黑的夜，那样飞着萤虫的夜。

你走了，你的眼睛不大看我，我也没有同你讲什么话。我送你到了台阶上，到了院里，你就走了。那时我心里不知道想什么，不知道愿意让你走，还是不愿意。只觉得恍恍惚惚的，把过去的许多年的生活都翻了一个新，事事都显得特别真切，又都显得特别的模糊，真所谓有如梦寐了。

可弟，你从小就苍白，不健康，而今虽然长得很高了，仍旧是苍白不健康，看你的读书，行路，一切都是勉强支持。精神是好的，体力是坏的，我很怕你走到别的地方去，支持不住，可是我又不能劝你回家，因为你的心里充满了诱惑，你的眼里充满了禁果。

恰巧在抗战不久，我也到山西去，有人告诉我你在洪洞的前线，离着我很近，我转给你一封信，我想没有两天就可看到你了。那时我心里可开心极了，因为我看到不少和你那样年轻的孩子们，他们快乐而活拨，他们跑着跑着，当工作的时候嘴里唱着歌。这一群快乐的小战士，胜利一定属于你们的，你们也拿枪，你们也担水，中国有你们，中国是不会亡的。因为我的心里充满了微笑。虽然我给你的信，你没有收到，我也没能看见你，但我不知为什么竟很放心，就象见到了你的一样。因为你也是他们之中的一个，于是我就把你忘了。

但是从那以后，你的音信一点也没有的。而至今已经四年了，你到底没有信来。

我本来不常想你，不过现在想起你来了，你为什么不来信。

于是我想，这都是我的不好，我在前边引诱了你。

今天又快到九一八了，写了以上这些，以遣胸中的忧闷。

愿你在远方快乐和健康。

（原载1941年9月26日桂林《大公报》文艺专栏）

1942

民国31年1月10日，萧红病情严重，由骆宾基送进跑马地养和医院。当日晚，端木蕻良突然出现，由于医生误诊为喉瘤，错动手术，使萧红病情恶化。1月13日萧红手术"顺利"，喉中插入金属管，只能用气声发音。当天日军某部占领圣士提反学院，屠杀英军伤员64名，奸污78名女医护人员。1月18日，由于战乱缺少医药，萧红病情恶化，养和医院束手无策。骆宾基与端木蕻良把萧红转送到玛丽医院，确诊为恶性气管扩张，第二次动手术换喉头呼吸管。1月21晚，玛丽医院被日军占领，改为日本陆军战地医院，病人全部被驱逐，萧红被送进红十字会设立在圣士提反女校的红十字临时医院。萧红被送到此处陷入无药治疗的困境中。1月22日清晨，萧红处于昏迷。上午10时，病逝。

晚近人们纠结和争论的点似乎都在她临终时端木是否在场，端木的家人认为端木始终陪伴在萧红身边，直到她去世为止。而当时一直照看萧红的作家骆宾基则坚决否认端木的在场。有时候人们总是很可笑地争论一些事，而我想用萧红病重时和骆宾基说的一句话来结束这一切：

"如果萧军在重庆我给他拍电报，他还会像当年在哈尔滨那样来救我吧……"

栽花

你美丽的栽花的姑娘，
弄得两手污泥不嫌脏吗；
任凭你怎样的栽，
也怕栽不出一只相思的树来。

——1932.2